손주는 아무나 보나

손주는
아무나
보나

박경희 지음

어쩌다 할머니가 된 박 여사의
시끌벅적 노년 적응기

플로베르

할머니라는 이름이
생겼다

나이 든다는 것, 늙어간다는 것은 무엇일까? 일본의 의학 박사인 히라마쓰 루이는 『노년의 부모를 이해하는 16가지 방법』(뜨인돌, 2018)이라는 책에서 노년에 자주 하는 행동 몇 가지를 소개했다.

갑자기 시끄럽다고 화를 내놓고 본인들은 큰 소리로 이야기한다거나, 약속을 까맣게 잊는다거나, 말에 이거, 저거, 그 거가 많아서 설명을 알아듣기 어렵다거나, 신호가 빨간불인 데도 천천히 건넌다거나, 나쁜 병에 걸렸는지 의심될 만큼 식사를 하지 않는다거나, 돈이 없다면서 낭비가 심하다거나, 같은 말을 여러 번 반복하고 과거를 미화한다는 식이다.

책에 소개된 행동에 나를 대입해보았다. 웃고 넘어갈 일이 아니었다. 해당되는 내용이 많았다. 이미 노년으로 가는 길목에 서 있다는 걸 증명하는 것 같아 씁쓸했다. 옛 고전에 실린 노인의 모습을 묘사한 글도 거의 비슷했다. 성호 이익의 〈노인의 열 가지 좌절〉을 읽다 보면, 헛웃음이 나오면서도 어쩔 수 없이 공감하게 된다.

낮에는 졸음이 오고 밤에는 잠이 오지 않으며, 곡할 때는 눈물이 없고 웃을 때는 눈물이 나며, 옛날 일은 모두 기억이 나도 눈앞의 일은 문득 잊으며, 고기를 먹으면 배 속에 들어가는 것 없이 이 사이에 끼고, 흰 얼굴은 검어지고 검은 머리는 희어진다는 것이다.

나이를 먹는다는 건 남녀노소는 물론 신분의 차이 없이 같다. 얼마나 덕(德)을 쌓으며 살아가는가가 다를 뿐이다. 덕을 쌓는다는 건 자신을 제대로 알고 살아갈 때 생기는 내공이다.

예전에는 들리지도 않던 대중가요의 가사가 가슴이 저미도록 파고들 때, 나이가 들었음을 느낀다. 노사연의 노래 〈바램〉이 그렇다. 이 노래를 처음 들었을 때는 별로 관심이 없었다. 그러다 어느 날, 가사의 한 부분이 민들레 홀씨처럼 내 가슴에 날아와 앉으면서 모든 게 달라졌다. "우린 늙어가는 것이 아니라 조금씩 익어가는 겁니다"라는 가사는 정말 압권이었다. 이만큼 늙어간다는 걸 절묘하게 표현한 노래는 없다는 생각이 들었다. 이 노래를 한참 듣다 보면, '나는 익어가고 있는가?' 하고 묻게 된다.

나는 오십 대 중반에 한 아이의 할머니가 되었다. 그 일은 삶의 전환점이 되었다. '할머니'라는 새로운 이름이 생기면서 주위를 돌아보는 시간이 늘었다. 나와 같은 사람이 참 많았다. 늙지도 젊지도 않은 어정쩡한 나이대의 할머니들 말이다. 노년 육아로 고군분투하는 동시대 사람들도 꽤 있었다. 그들과 자연스럽게 이야기를 나누면서, 보이지 않던 게 많이 보였다.

지금까지 헛되이 살아왔다는 자괴감, 헌신하며 온 정성을 다해 키운 자식들을 떠나 보낸 후에 찾아오는 빈둥지증후군, 은퇴 후 맥없이 사는 남편을 보듬어야 하는 부담감, 온몸이 쑤시며 극렬하게 찾아오는 통증, 게다가 노년 육아까지 떠맡게 되었을 때 오는 책임감, 문득 찾아온 죽음에 대한 공포감 등 무거운 화두에 짓눌려 찬란한 시기를 놓치는 사람들을 보면 안타까웠다.

할머니로 산다는 것에 대해서는 할 말이 별로 없을 것 같아 집필을 많이 망설였다. 노년 육아를 하든 안 하든, 대부분이 비슷한 심정이리라 믿었기 때문이다. 하지만 오랫동안 이 화두를 안고 주위를 살펴보면서, 결국에는 나이 든다는 것에 대한 성찰로 이어졌다. 깊은 산골의 도랑물이 도랑을 지나 넓은 바다로 가듯, 할머니로 산다는 것에 대한 이야기도 결국은 '인생 3막'에 대한 이야기로 흘러간다는 것을 깨달았다.

우리는 날마다 죽음의 동산을 향해 한 발자국씩 가고 있다. 이 땅을 떠나기 전, 조금이라도 더 보람되고 행복한 삶을 살다 건강하게 죽을 수 있기를 바라는 것이 우리네 인생에서의 가장 큰 기도라는 것 또한 알게 되었다.

나이 들었다는 것을 내세워 어른 행세를 할 필요는 없다. 등에 짊어진 짐을 내려놓고, 다리도 아프고 힘드니 쉬면서 자신의 삶을 관조하는 시간을 가져보는 것도 좋겠다는 생각이 들었다. 잘 익은 과일은 탐스럽고 먹음직스럽다. 보기에 좋은 과일은 맛 또한 일품이다. 인생도 마찬가지 아닐까 싶다. 늙어가는 순간순간을 과일이 익어가듯, 햇볕과 바람을 잘 쬐면서 나간다면, 분명 멋진 인생이 될 것이다.

"삶은 무수한 이야기로 가득 차 있다. 그러나 그 이야기들을 쓰거나 말하지 않으면 모두 사라진다." 독일 태생의 유대인 철학사상가 한나 아렌트의 말에 힘입어, 글을 써야겠다는 생각이 들었다. 내가 특별한 삶을 살았다거나, 인생 가이드 같은 글을 쓸 수 있는 것도 아니기에, 그저 흩어져 있는 이야기를 바늘에 꿰는 심정으로 쓰면 되지 않을까, 싶었다.

첫 손주인 아민이와의 추억을 되새김질하는 순간이 행복했다. 내 주위 할머니, 할아버지 들의 이야기를 쓸 때도 마찬가지였다. 그들의 스피커가 되어 진솔하게 쓰려 애썼다. 재미와 의미를 다 느낄 수 있는 책이라는 공감의 말을 듣는다면 더 바랄 것이 없겠다.

차례

2부 시끌벅적 노년 적응기

3부 손주와의 추억 만들기

1부
어쩌다 할머니

손주는
아무나 보나

"엄마, 아민이 좀 맡아주실 수 있어요?"

큰아들에게 전화가 왔다. 해가 어스름 지면서 장맛비가 질척거리던 저녁이었다. 손주 아민이는 외할머니의 지극한 사랑을 받으며 유치원 생활까지 잘 하고 있었다. 6개월만 더 유치원에 다니면 초등학생이 된다며 온 식구가 들떠 있던 나날이었다.

아들의 말에 어안이 벙벙했다. 처음에는 아민이를 며칠 동안 데리고 있을 수 있느냐는 말로 들었다.

"그럼. 데리고 있을 수 있지. 무슨 일 있니? 얼마나 와 있을 건데?"

"며칠이 아니라… 이제 엄마가 아민이를 전적으로 맡아주실 수 있느냐고요. 장모님만 아민이를 봐주실 수는 없잖아요."

가볍게 묻는 나의 말에 아들은 매우 힘이 없는 목소리로 답했다. 왠지 지친 듯했다. 매우 솔직히 말해 가슴이 콩닥거리고, 수많은 생각이 떠오르며 머리가 복잡해졌다.

'아민이를 봐주시던 외할머니에게 무슨 일이 있는 건가? 내가 광명까지 오가며 아민이를 봐야 하나? 아니면 아민이를 동숭동으로 데려와야 하나? 아민이를 돌보게 되면 아무것도 할 수 없을 텐데… 당장 맡아놓은 강의며 원고 계약은 어떻게 하지?'

오랫동안 하던 방송 일은 이미 그만두었다. 출판사와 선계약을 한 원고가 밀려 있었고, 좀 더 집중해서 글을 쓰고 싶었기 때문이다. 게다가 탈북 학교와 도서관에서 하는 고정 수업도 있고, 간간이 저자 강연도 나가느라 늘 일에 쫓겼다. 작가가 바쁜 건 좋은 일이다. 내 원고를 기다려주는 출판사가 있다는 건 특권이자 축복이다. 그러므로 나는 집에 있어도 출근하듯 책상에 앉아 글도 쓰고, 강의안도 마련하고, 자료를 찾아 읽느라 분주하다. 주위에서 나에게 '워커홀릭'

이냐고 물을 정도로 일을 즐기는 편이다. 그럼에도 아들에게 "노!"라고 대답할 수 없었다.

잠시 침묵 후 결심했다. 어떤 상황이든 아민이를 돌봐야 한다면, 받아들이는 것이 도리라고 생각했다.

"상황이 아민이를 봐야 하면 그렇게 해야지. 엄마가 봐줄게. 구체적인 건 만나서 이야기하자."

"엄마… 그동안 장모님이 너무 애쓰셨잖아. 죄송해서… 이제 장모님도 좀 쉬셔야지…."

큰아이가 묻지도 않은 이유를 대는데, 나도 모르게 울컥 눈물이 났다. 아들에게는 걱정하지 말라고 흔쾌히 대답했지만 말이다.

전화를 끊고 나니, 노년 육아의 여러 가지 문제점이 피부로 와닿았다. 내가 포기해야 할 일들이 눈앞에서 아른거려 한숨부터 나왔다. 한편으로는 진작에 내가 했어야 할 일을 아민이 외할머니께 맡기고 내 일만 하며 살았다는 자책감이 들었다. 짧지만 신음 소리가 나올 정도로 고민이 되었다.

드라마 〈세상에서 제일 예쁜 내 딸〉을 가끔 본다. 주인공인 친정엄마는 설렁탕 장사를 하면서도 세 딸을 억척스럽게 잘 키웠다. 이 땅의 엄마라면 누구나 자식을 종교처럼 믿기에 험한 산도 넘고 거친 파도도 물리치며 꿋꿋하게 살아왔다.

'내 딸만큼은 나처럼 살게 할 수 없어.'

엄마의 마음에 보답이라도 하듯, 딸들은 각기 개성을 발휘하며 잘 살아간다. 그러나 가지 많은 나무에 바람 잘 날 없다고, 이 집에는 사건 사고가 끊이지 않는다. 은행원인 맏딸은 결혼해 아이 키우며 직장 생활하느라 숨 쉴 틈조차 없다. 마마보이로 자란 사위는 육아를 돕기는커녕, 자신의 안일과 자유만을 좇는 철없는 어른아이다. 거기에 세련되긴 했지만 이기적이며 자기중심적인 사돈은 절대로 아이는 봐줄 수 없다면서, 딸내미 속 긁는 소리만 해댄다.

할 수 없이 바쁜 친정엄마가 손녀를 유치원에 보내는 것에서부터 집안 살림까지 도맡게 된다. 새벽에 일어나 손녀에게 밥을 먹이고, 옷을 입혀 유치원 차까지 태워 보내느라 아침마다 전쟁이다. 그 와중에 사위가 좋아하는 반찬을 만들어 냉장고에 넣어두고, 틈틈이 빨래도 해야 해 종종걸음을 친다. 친정엄마는 식당과 딸네 집을 오가며 기계보다 더 많은 일을 한다. 힘들어도 맏딸의 행복을 위해 참고 또 참는다.

드라마는 아이를 키우며 직장 생활을 하는 것에 대한 고단함을 잘 그렸다. 거기에 필수적으로 따르는 문제가 노년 육아였다. 드라마를 볼 때마다 남의 일 같지 않았다.

나는 연년생 아들을 비교적 일찍 독립시켰다. 각기 아름답고 속이 꽉 찬 알토란 같은 색시를 만나 알콩달콩 행복한 가정을 이루고 사는 것에 늘 감사한다. 둘째는 아직 아이가 없지만, 첫째는 아이가 벌써 초등학생이다. 드라마와는 다르게 나는 노년 육아를 전적으로 하지 않았다.

남들은 늘 집에 있는데 왜 손주를 못 봐주나, 하고 의문을 가질 수도 있다. 나는 스케줄을 적은 달력들을 버리지 않고 모아두는 편이다. 훗날, 이 달력을 보면서 지난 시간들을 되돌아보는 것도 나쁘지 않을 것 같아서다. 이 글을 쓰면서 차곡차곡 쌓아놓은 달력을 다시 꺼내 보다 놀랐다. 1년 내내, 쉴 틈 없이 일정이 차 있었다. 마감 원고, 강의, 출판사 미팅, 남산도서관 수업, 하늘꿈학교 수업 등….

사실 그동안 이렇게 바쁜데 아민이를 봐달라고 하면 어쩌나, 걱정될 때가 많았다. 드라마 속의 사돈처럼 '아이를 보면 늙을까 봐', '신세대 할머니는 아이 돌보미 비용은 대줄지언정 애는 안 본다' 같은 이유는 절대 아니다.

아민이를 맡아서 봐주고 싶은 마음은 굴뚝같았다. 아이들을 키우며 못다 준 사랑을 아민이에게 듬뿍 쏟아주고 싶은 마음은 컸지만, 내가 맡은 일을 다 하면서는 역부족이었다. 그런데 걱정하던 일이 현실이 된 것이다.

그날 저녁 퇴근하고 들어온 남편과 많은 이야기를 나누었다.

"아민이 데려오기 전에 내 일부터 정리할게. 출판사에는 사정을 이야기하고… 조금 더 기다려달라고 하면 급한 불은 꺼질 것 같은데…. 강연 잡아놓은 건 취소하기 힘든데 어쩌지? 지방에 있는 학교는 나가면 종일 걸릴 텐데…."

"어쩔 수 없지 뭐. 그런 날은 내가 도와야지."

내가 종종거리며 바삐 사는 걸 누구보다 잘 아는 남편인지라 같이 고민해주었다. 의논하고 의지할 데가 있어 든든했다. 남편이 일을 조금씩 접어나가던 중이라, 시간을 낼 수 있어 다행이다 싶었다. 남편이나 나나 현실적인 문제들을 놓고 꼼꼼하게 의논을 하면서도 한숨이 절로 나왔다. 내가 바쁜 것도 문제지만, 33년간 모시고 있는 시어머니 수발은 또 어쩌란 말인가.

"그나저나 아민이가 동숭동으로 오면, 학교도 여기서 다녀야 하고, 학원도 옮겨야겠네…."

"어머니도 모셔야 하는데 내가 광명시로 왔다 갔다 하는 건 무리야. 아민이가 여기서 학교에 다니고 엄마, 아빠가 주말에 다녀가든지 해야지."

"애 하나 키우기가 이렇게 복잡하고 힘드니, 요즘 젊은 부부들이 아이 안 낳는다고 하는 것도 이해가 가네."

아민이를 돌보기 위해 아들네 집으로 들어갈 수도 없는 내 형편을 누구보다 잘 아는 남편이, 불쑥 한마디 던졌다.

"정말 당신 일은 끝이 없네. 일하며 시어머니 모시는 것도 모자라, 이제 손주까지 봐야 하니…."

미안해서 하는 말이라는 건 알지만, 새삼 나의 샌드위치 처지가 가슴에 아프게 와닿았다. 홀시어머니를 모시는 것도 만만치 않은데, 아직도 넘어야 할 산이 또 있다니….

그러나 주어진 삶 앞에서 변명하거나 도망치고 싶지는 않았다. 부딪치며 헤쳐나가다 보면, 언제나 길이 보였다. 그 길 위에서 수없이 많은 꽃을 피우며 살아오지 않았던가! 남편과 긴 시간 동안 이야기를 나눈 뒤, 모든 것을 숙명으로 받아들이기로 마음먹고 잠을 청했다.

복잡하기는 했지만, 그토록 사랑하고 보고 싶던 아민이와 늘 함께할 생각을 하니 설렘도 컸다. 그동안 아민이에게 해주지 못했던 것들을 온전하게 해줄 기회라 생각하기로 했다. 아민이를 위해서는 책임감보다는 무조건 사랑하는 마음만 있으면 될 것 같았다. 그만큼 아민이를 맡아 키우는 것에 대한 부담은 없었다. 시간만 허락한다면 말이다. 미래에 대한 근심의 그물을 걷어내자, 긍정의 꽃망울들이 모락모락 피어났다.

며칠 후, 아들에게 전화가 다시 왔다. 아민이의 육아에 대한 구체적인 방안 때문일 거라 믿고 담담하면서도 푸근한 목소리로 전화를 받았다.

"엄마, 죄송해요…. 엄마가 할머니 모시느라 힘들고, 일 때문에 바쁘신 거 알면서도 제가 무리한 요구를 드려서요."

며칠 전 거의 죽어가던 목소리와는 딴판이었다.

"무슨 소리야? 당연히 엄마가 아민이를 봐줘야지. 너무 부담 느끼지 말고, 좋은 방법을 생각해보자…."

되도록 아들에게 부담을 주지 않으려 밝은 목소리로 말했다.

"저… 장모님이 힘드셔도 아민이를 더 맡아주시기로 했어요."

자초지종을 들어보니, 아민이 외할머니에게 죄송했다. 아민이 아빠나 엄마 모두 성실하고 근면하기로는 대한민국 최고다. 아끼고 절약하며 사는 모습을 대견하다고만 생각했지, 아민이를 돌보시는 사돈에게 인색하게 대한 줄은 정말 몰랐다. 지금까지 무한한 사랑으로 아민이를 키워주신 사돈이 처음으로 내색을 하셨던 것 같다. 자세한 내막은 모르지만, 아들이 한 말을 종합해보면 사돈이 많이 서운하셨을 것 같다.

"아민이 외할머니께 너희가 잘해야 했는데…. 말만이 아니라 고정적으로 예의를 표하는 게 마땅한 거야. 너희들이 아끼며 열심히 저축하는 것도 중요하지만, 더 중요한 게 뭔지 이번 기회에 진지하게 생각해봐."

주변에 보면, 손주를 보면서 받는 수고비를 당연하게 생각해야 한다는 목소리가 높다. 나도 그렇게 생각한다. 예전처럼 부모님들께 희생만을 요구해서는 안 된다. 억만금을 준다고 해도 부모님처럼 자기 자식을 제대로 돌봐줄 사람은 없다. 아이 돌보미에게 주는 수고비를 생각해보라. 부모님들은 애써 맞벌이하는 자식들이 안쓰러워 수고비를 받지 않겠다고 말할지도 모른다. 그러나 자식들은 끝까지 수고비를 안겨드려야 한다. 아니면 매달 통장으로 이체시키든지…. 생각해 보면 그 돈이 그 돈이다. 수고비로 받은 돈도 결국은 손주에게 모두 쏟아붓는 사람들이 할머니, 할아버지 아니던가.

아들네 가까이 사시는 아민이 외할머니는 쉴 없이 바쁘게 일하는 아민이 아빠, 엄마를 대신해 헌신적으로 아민이를 맡아주셨다. 새벽에 일찍 일어나는 아민이는 출근하는 엄마와 아빠를 보며 늘 울었다고 한다. 그때 아민이 외할머니가 계시지 않았다면 어떻게 할 뻔했나. 오랫동안 일하시다 퇴직하자마자 손주를 맡아 키워주신 사돈에게 진심으로 고맙다. 그러나 나는 미안한 마음이 너무 큰 나머지 제대로 연락도 못 드린다. 늘 엎드려 절하고 싶은 마음이 가득하면서도 말이다.

다시
시작할 수 있어

여자 나이 육십이 넘으면 확연히 달라지는 게 있다. 노년 육아를 하는 사람과 그렇지 않은 사람의 삶의 모습이다. 다 그런 건 아니지만 대부분이 그렇다.

중년의 고개를 넘자마자 교통사고처럼 어느 날 갑자기 할머니가 된 것까지는 비슷하다. 할머니가 되어 새로운 생명을 가족으로 맞는 기분은 말로 표현할 수 없을 만큼 감격적이다. 새로운 인생이다, 환희 그 자체다, 뭐든 아낌없이 주고 싶다, 책임감이나 의무감 없이 무조건 사랑만 줄 수 있다. 그래서 손주라면 누구나 열 일 제치고 달려간다.

노년 육아를 하지 않는 할머니들은 대체로 여유롭다. 자녀들을 모두 독립시킨 뒤라, 여행도 자주 다니고 뭔가를 배우기도 하며, 그야말로 '인생의 황금기'를 만끽하고 산다. 운동이며 규칙적인 식사 등 자기 관리할 시간도 충분해 건강하고 밝다.

반면, 손주 육아의 책임을 맡은 할머니들의 삶은 놀라울 만큼 변한다. 자유를 누리며 살 여유가 없어 늘 시간에 쫓긴다. 온몸이 종합병원일 정도로 아픈 데도 많다. 병원 순례 끝에 남는 것은 거울을 보기 싫을 정도로 늙었다는 자괴감이다.

그런 분들이 내 주위에도 꽤 있다. 그중에 한 분을 향한 나의 마음을 글로 전할까 한다. 솔직히 얼굴을 맞대고는 이런 말을 할 수 없었다. 나는 손주를 전적으로 키운 적이 없으므로 무슨 말을 해도 배부른 소리가 될까 봐 두려웠기 때문이다.

A 여사는 굉장히 적극적이고 사교성이 뛰어나 어딜 가든 눈에 띄었다. 사업하는 남편과의 사이에서 태어난 두 아들을 모두 잘 키워 주위의 부러움을 사기도 했다. A 여사는 아

이들을 키우면서도 가끔 문화센터 같은 곳에 나가, 그림 공부도 하고 다양한 자격증을 따는 등 열정적으로 살았다. 그 열정을 본받고 싶을 때가 많았다.

'준비된 자만이 기회를 잡는다.'

그녀에게 딱 맞는 표현이다. A 여사는 두 아들이 고등학생이 되면서 화랑의 큐레이터로 일하게 되었다. 젊고 멋진 큐레이터들과 경쟁하면서도 그녀는 당당했다. 변별력 있게 그림을 전시하고, 인맥 등을 동원해 그림 장사를 잘하기로 소문이 났다.

시간이 지나면서 화랑이라면 어디나 눈독 들이는 큐레이터가 되었다. 두 아들이 다 큰 뒤 여가로 일을 시작했지만 좋은 성과를 내다 보니, 나날이 즐겁고 행복했다. 명망 높은 작가들과 교류가 많아지면서 활동 범위도 점점 넓어졌다. 나도 A 여사가 진행하는 경매장이라든가 유명 전시회 등에 몇 번 초대되어 갔는데, 우아하면서도 자신 있는 모습이 보기 좋았다. A 여사의 카리스마 넘치던 모습이 지금도 눈에 선하다. 멋지고 훌륭했다. 인생 선배로 닮고 싶은 롤모델이었다.

순간의 선택은 많은 걸 바꾸었다. A 여사의 삶은 외국계 투자 회사에서 딜러로 일하는 큰아이가 결혼해 아이를 낳으면서 모두 변했다.

"엄마, 난 우리 아이를 다른 사람에게 맡기고 싶지 않아요. 우리 아이도 저나 동생처럼 키워주세요. 아이는 세 살 이전에 인성이라든가 지능 등이 모두 형성된다는데…. 아무에게나 아이를 맡기는 건 너무 불안해요. 집사람은 도저히 쉴 수 있는 형편이 아니고요. 이제 법무법인에 들어갔는데 육아 때문에 쉬면 경력 단절로 나중에 힘들거든요."

큰아이 간청에 A 여사는 뜻하지 않게 노년 육아를 하게 되었다. 솔직히 큰 화랑의 큐레이터 자리를 내려놓는 게 쉽지 않았을 것이다. 아들이 아무리 돈을 많이 준다고 해도 이제 물오른 나무처럼 뭐든지 잘할 수 있는 경지에 올랐는데…. 몇 날 밤을 갈등하고 고민했다. 나였어도 마찬가지였을 것이다.

그러나 자식 이기는 부모는 없다. A 여사가 큰 손주를 본다는 소식을 듣고 나서부터는 연락이 끊겼다. 생활 범위가 바뀌다 보니, 만날 기회가 없었다. 작년에 친분이 있는 화가의 전시가 있다고 해 삼청동 미술관에 갔는데, 거기서 우연히 A 여사를 만났다. 10년 만에 만난 셈인데, 변해도 너무 변해 딴사람 같았다. 그토록 당당하고 멋지던 모습은 간데없고, 삶에 지친 피로 가득한 할머니만 있었다. 눈빛조차 희미하고 자꾸 눈치를 보는 게 민망할 정도였다. 근황이 궁금했지만 여러 사람 속에서 개인적인 이야기를 물을 수는 없어, 의례적인 담소만 나누었다.

그런데 A 여사는 참을 수가 없었던 것 같다. 지인들이 모여 있는 자리로 와, 자신의 이야기를 신세타령하듯 늘어놓기 시작했다.

"큰아들 손주만 몇 년 봐주고 다시 화랑으로 복귀하려고 했는데, 둘째가 애를 낳았네요. 형네 아이를 키워줬으니 자기 아이도 키워달라는 거예요. 그렇게 해서 손주에게 코 꿰인 세월이 10년이에요. 내 인생의 황금기는 다 지나간 거죠. 오늘 여기 나와 보니, 나만 이렇게 도태된 것 같아 속상하네요. 이제는 뭔가를 하고 싶은 생각도 없고… 용기도 없어요. 잃어버린 10년은 정치 이야기만이 아니라, 나 같은 할머니들 인생에도 해당된다니까요. 쉬지 않고 일해온 당신들이 부럽습니다."

너무 진지하게 자기 속내를 털어놓자, 안면이 있는 사람들인데도 모두 꿀 먹은 벙어리처럼 아무 말도 못했다. 남 일 같지 않았다. 10년간 집에서 애만 본다면 누구라도 똑같은 모습으로 변할 것이다. 나는 조심스럽게 그러나 진심으로 말했다.

"선생님은 손주를 키우는 큰일을 하신 거잖아요. 돈으로 살 수 없는 일을 하신 거예요. 선생님의 10년 세월은 손주 인생의 100년을 채워주고도 남을 거예요. 능력이 있으시니까 지금부터라도 선생님이 하시고 싶은 거 하세요. 모지스 할머니처럼요."

나는 누구나 모지스 할머니가 될 수 있다고 믿는다. 그녀가 그림을 그리기 시작한 건 76세였다. 평생 농장을 돌보고 버터와 감자 칩을 만들어 팔며 바지런히 살던 그녀는, 관절염 때문에 소일거리 삼아 놓던 자수가 어려워졌다. 그러자 바늘 대신 붓을 들었다. 모든 사람이 늦었다고 말할 때마다, 무언가를 시작하기에는 '지금'이 제일 좋은 때라고 통 크게 대꾸했다. 모지스 할머니는 80세에 개인전을 열고 100세에 세계적인 화가가 되었다.

괜한 립서비스로 한 말이 아니라, 난 A 여사가 그 누구보다 위대한 일을 했다고 생각한다. 옛날의 그 열정을 다시 찾았으면 하는 바람이 컸다. 안타까운 마음에 어쩌면 허황된 말을 한 건지도 모른다. A 여사는 내 말에 고맙다며, 황급히 자리를 떴다.

가끔 A 여사를 생각할 때가 있다. 부디 내 말이 씨앗이 되어 재도전의 기회를 마련하기를 빈다. 세월이 흘러 외모는 바뀌고, 자존감도 떨어진 건 사실이지만, 칠십이 넘어도 능력을 발휘할 수 있다고 생각한다. 늦지 않았다. 열정과 건강만 있다면.

뒤늦게 인생 역전에 성공한 할머니는 또 있다. 평생 전업주부로 살던 일본의 시바타 도요 할머니는 지금 전 세계적인 시인이 되었다.

누구보다도 평범하게 살았던 할머니는 〈약해지지 마〉라는 시를 통해 모든 이들에게 응원의 메시지를 전한다.

불행하다고 한숨짓지 말라고, 꿈은 평등하게 꿀 수 있다고, 나도 괴로운 일이 많았지만 살아 있어 좋았다고, 너도 약해지지 말라고…. 현학적이지 않고 진솔한 시가 많은 사랑을 받게 되자, 할머니는 자신이 살아온 삶을 시로 옮긴 것뿐인데, 많은 이들의 사랑을 받아 황송하다고 했다. 끊임없이 꿈을 좇아온 결과가 아닐까 싶다.

나이가 들었다는 이유로 쉽게 포기하면 점점 더 다시 일어서기 힘들다. 남은 시간들을 팔팔하고 당당하게 살려면 의식의 전환이 필요하다. 백 번의 결심보다 한 번 행동하는 힘을 길러야 한다.

육아는 돼도
교육은 안 돼

　두 아들을 잘 키운 똑똑한 친구가 있다. 큰아이를 의사로, 작은아이를 변호사로 키운 친구는 주위의 부러움을 한 몸에 받을 때가 많다. 워낙 낙천적이고 유머 감각이 뛰어난 그녀는 그럴 때마다 이렇게 답한다.

　"내가 선생으로서 학교에 근무하며 많은 학생을 가르쳐야 할 열정을 두 아이에게 몰빵했는데, 이 정도는 당연한 결과 아냐?"

　웃으면서 하는 말이지만 사실이었다. 그녀는 고등학교에서 수학을 가르쳤지만, 결혼과 동시에 일을 그만두었다. 친구도 나처럼 홀시어머니를 모셔야 한다는 전제가 있었던 데다가, 우리 세대만 해도 워킹맘이 그리 흔치는 않았다. 그녀는 아이들이 사춘기에 접어들자, 교사직을 일찍 그만두길 잘했다는 생각이 들었다고 한다.

"아이의 인생은 엄마의 정보력과 아빠의 재력에 의해 좌우된다는 말이 맞아. 학교 엄마들 모임에 가보니까 정말 장난이 아니더라. 실력 있는 과외 선생이나 학원 같은 건 자주 만나는 엄마들끼리만 공유해. 서로가 경쟁자니까…. 좋은 건 혼자 누리고 싶어 하지. 내가 계속 선생 노릇을 했으면 어쩔 뻔했나 몰라…."

친구의 아이가 우리 아이와 비슷한 나이대라 상황 보고하듯 서로의 의견을 나눌 때가 많았다. 방송 일을 하느라 아이들 스스로 무엇이든 선택하게 하는 쪽을 택한 나와 달리, 친구는 자식 교육에 전념하는 쪽이었다.

그녀는 분당에서 특목고에 다니는 두 아이를 키우느라, 일하는 나보다 더 바빠 살았다. 정보력과 기동력으로는 둘째가라면 서러웠다. 큰아이가 미대 입시를 준비하느라 입시 학원에 다닐 시간이 없어, 의대생 과외를 택한 나를 향해, 알아봐줄 테니 당장 명문대 과외 선생으로 바꾸라던 친구다. 그때나 지금이나 분당이나 강남 쪽의 교육열은 강북과는 달랐다. 뱁새가 황새 쫓다 가랑이가 찢어질 것 같아, 일찍이 내 식대로 아이를 키웠다.

어쨌든, 대한민국 최고의 직업을 가진 친구의 두 아이는 결혼도 일찍 하고 아이도 금방 낳았다. "너는 할 일이 다 끝나서 좋겠다. 이제 뭐 하고 살래?"라며 친구들이 부러워서 하는 말에, "여행하고 맛있는 것 찾아다니며 먹는 일!"이라고 받아치며 특유의 유머 감각을 발휘했다. 그런데 얼마 후 만난 친구의 얼굴에는 피로가 잔뜩 묻어 있었다.

"여행을 많이 다녔나 봐? 엄청 피곤해 보여."

"여행은 무슨! 두 아들네 손주 보러 다니느라 힘들어서 그래."

"의사에 변호사에… 잘나가는 집안에서 왜 시어머니가 애를 봐?"

"아들들이 자기 애들은 남의 손에 맡길 수 없단다. 나보고 자기들을 키울 때처럼 모든 힘을 다해서 잘 키워달래. 아이 돌보미는 구했지만, 육아의 총 책임을 맡아달라는 거지. 엄마로서 나를 인정해준 것까지는 좋은데… 요일까지 정해서 두 아들 집에 번갈아 다니느라 정말 되다. 파파 할머니가 다

된 것 같아."

"아들들이 자기 아이들의 교육을 위해서 너를 벌써 투입시킨 거야? 니 교사자격증 제대로 써먹게 생겼네."

"요즘 며느리들이 새로운 교육 정보에 얼마나 빠삭한데…. 내가 가진 경험이나 정보는 모두 구닥다리야. 손주 교육은 백배는 더 신경 쓰이고 힘들어. 모든 걸 다시 시작한다는 마음이 아니면 손주 교육은 입도 뻥긋하면 안 되겠더라. 할머니는 그저 예쁘다는 소리만 해주면 돼."

내가 아무렇지 않게 농담처럼 한 말에 친구는 심각하게 답했다. 선생님이었던 친구가 고개를 저으며 털어놓는 이야기는 기상천외한 게 많았다. 먹거리에서부터 옷 입히기, 책 고르기 등 새로 배우고 익혀야 할 게 많아도 너무 많다는 것이다. 가끔 손주를 보는 나와는 전혀 다른 차원의 이야기라 많아 놀라웠다.

"내가 공부하는 걸 싫어하는 사람도 아닌데, 이건 매일 새로운 육아 정보를 얻기 위해 긴장하며 살아야 하니…. 가장 편하게 살아야 할 나이에 웬 고생인가 싶더라. 열심히 돕고는 있지만, 아무래도 육아는 부모가 직접 하는 게 좋아. 요즘은 아빠들도 육아에 적극적으로 나서니까, 세월이 많이 변했다는 게 실감 나더라고…."

맞는 말이다. 요즘은 육아에 조부모가 참여하면서, 이에 따른 갈등도 만만치 않다. 육아 방법을 두고 부모와 자식 간의 의견 차가 벌어진다. 전통적인 방법과 경험을 바탕으로 육아를 하는 조부모 세대와, 끈끈한 네트워크에서 얻은 최신 정보를 육아에 적용하려는 젊은 세대는 육아 방법이 확연히 다를 것이다.

부산의 한 자치단체에서는 이 같은 갈등을 줄이고 함께하는 육아 분위기 조성을 위해 '좋은 조부모 교실'을 열었다. 이날 주제는 '자식과의 육아 마찰 줄이기'였는데, 50여 명의 조부모가 몰려와 펜을 쥐고 다소 긴장한 듯한 얼굴로 강의를 들었다고 한다. 강의가 끝나자 강사에게 달려와 즉석 상담을 요청하는 할머니들도 많았다고.

"내가 애들 밥 찾아 먹이고, 집안 돌보는 것만도 벅찬데, 어느 학원이 좋은지도 찾아봐달라고 하니…. 정말 답답하고 속상해 죽겠어요."

"며느리는 나한테 애는 맡기면서 공부에는 전혀 간섭하지 말라는 식이에요. 어려서부터 너무 잡으면 공부하기 싫

어한다고…. 공부도 습관이 들어야 잘하는 법인데, 고삐 풀
린 망아지처럼 제멋대로 풀어놓으니…. 내가 무슨 말을 하
면 잔소리로만 여기고…. 오죽하면 내가 여기까지 찾아왔겠
어요."

　노년 육아를 하는 조부모들은 많은 고민거리를 안고 있
었다. 아이들은 사랑을 먹고 자란다. 영유아기에 돌봐준 사
람의 성품이나 인성은 아이의 성격 형성에 지대한 영향을
준다고 한다. 이때 충분한 사랑을 받고 자란 아이는 자존감
도 높고 바른 심성도 갖추게 된다. 엄마의 자리를 대신해주
는 할머니의 사랑을 듬뿍 받고 자란 아이는 푸르른 나무처
럼 건강하게 자랄 것이다. 그 사실을 알기에 할머니들은 모
든 자유를 저당 잡힌 채, 지극정성으로 손주를 봐주는 게 아
닐까.

　가족은 너무나 가까운 사이라는 인식 때문에 가족 사이에
서 발생하는 문제는 스스로 해결하기가 쉽지 않다. 노년 육
아를 하며 가치관이 다른 자식과 충돌하는 일은 빈번하지
만, 근본적인 해결책은 찾기 힘들다. 노년 육아가 점점 늘어
가는 이 시점에서 정부나 자치단체가 좀 더 적극적으로 나
서주면 어떨까? '좋은 조부모 교실'처럼 자신의 많은 부분

을 희생하는 조부모들이 행복한 마음으로 손주를 돌볼 수
있는 디딤터를 만들어주는 식으로 말이다.

김혜자
선생님처럼

　나는 방송작가로 배우 김혜자 선생님과 18년을 함께했
다. 한 라디오 방송 프로그램의 처음부터 마지막까지 진행
자와 작가로 만나왔다. 많은 시간을 공유했기에 선생님의
눈빛만 보아도 마음을 읽을 수 있다. 선생님으로부터 그만
큼 많은 것을 보고 듣고 느꼈다는 말이다. '국민배우'라는
호칭이 김혜자 선생님만큼 잘 어울리는 배우는 없을 것이
다. 오랫동안 월드비전 홍보대사로 굶주리고 배고픈 아이들
을 위해 봉사를 해온 것은 물론, 실생활에서도 나눔과 봉사
정신을 실천하는 모습을 참 많이 목격했다. 자신이 가진 것
중에 일부분만을 기부하거나 베푸는 데 쓰는 것이 아니라,

전부를 다 바쳐 돕는 것을 수없이 보아왔다.

세월이 쌓이면서 선생님과 인간적인 정 또한 쌓여갔다. 가족 간에 벌어지는 일도 자연스럽게 알게 될 때가 많았다. 그건 서로 마찬가지였다. 사춘기 아이를 키우며 힘들 때마다 선생님을 붙들고 울기도 하고, 하소연도 많이 했다. 그때 선생님께 받은 위로는 지금도 잊을 수가 없다.

선생님의 많은 부분이 나를 감동하게 했지만, 가장 잊을 수 없는 건 특별한 손녀 사랑이다. 선생님도 나처럼 조금 이른 나이에 할머니가 되셨다. 배우로서 왕성한 활동을 하던 때에, 며느리가 임신한 사실을 알게 되었다고 한다. 선생님은 아직 할머니가 될 준비가 안 되었기에 떠밀려 가는 듯한 느낌이 들었다고 했다. 훗날, 나도 손주 아민이의 탄생 소식을 들었을 때, 갑자기 '여자'가 아닌 '할머니'가 된 것 같아 두려우면서도 기분이 묘했다. 그제야 비로소 선생님의 말씀이 공감되었다. 솔직히 말해 공감을 넘어 절절한 그 무엇이 통했다.

선생님은 아들과 딸을 영화처럼 잘 키우셨다. 무엇보다 사랑으로 기다려주는 엄마의 자세로 자식을 키우는 모습이 아름다웠다. 아들의 딸인 지유가 태어났을 때, 소식을 전하던 선생님의 표정은 잊을 수 없다. 딸인 고은이가 결혼을 해 첫딸을 낳았을 때 감격하시던 모습도 잊을 수 없다. 선생님 과 오랫동안 일하면서, 손주들을 만난 적이 있었다. 선생님 은 모든 손주들을 옹달샘처럼 맑고 깊은 눈길로 감싸고 사 랑하셨다. 그 모습을 볼 때마다 내가 그 품에 안긴 것처럼 따뜻했다.

아민이와 있으며 아이가 너무 예쁘거나 벅찬 감정이 느껴 질 때면, 김혜자 선생님이 손주 사랑을 표현했던 말이나 글 이 떠오른다.

네 살배기 지유智瑜는 내 첫 손녀다. 지유는 내가 뜰에 나 가 달마라기를 하는 날이면, 어느새 따라 나와 옆에 앉아 고개를 하늘로 꺾어 올린다.

그날은 초승달이었다. 아라비아의 칼처럼 날렵하게, 미인 의 눈썹처럼 예쁜 곡선을 그린 초승달이 드넓은 하늘에 떠 있었다. 별도 적어, 달만 도드라져 보여 슬펐다.

"할머니 뭐 해요?"

언제 슬그머니 따라 나왔는지, 지유가 내 치맛자락을 잡 고 있었다.

"응, 달 보고 있어."

꼬마가 잠자코 있더니, 조그만 입술을 실룩이며 물었다.

"할머니, 할머니 돌아가지 말아요."

이게 무슨 소린가? 조금 전까지 달을 보면서, '이 정도에서 죽는 것도 좋은데…' 하는 생각에 잠겨 있었는데,

"왜? 할머니가 돌아갈 것 같아?"

"응. 할머닌 늙어도, 늙어도 돌아가지 말아요."

지유가 울먹이면서 날 꼭 껴안았다. 이 작은 아이에게 내 마음이 전달되었던 걸까…. 마음 한구석이 뭉클해져 콩콩 뛰는 아가의 심장 소리에 귀를 갖다 댔다. 아! 내 사랑 지유.

_『김혜자의 작은 목소리』(사람들, 1994) 중에서

선생님의 아들이 지적이면서도 예쁜 여자가 되라고 지어준 이름, 지유 씨를 얼마 전에 보았다. 지유 씨는 정말 멋진 여성으로 성장해 있었다. 선생님이 첫 손주를 위해 들인 정성과 기도가 맺은 열매였다.

김혜자 선생님은 해외에 나가 공부하는 손주들을 위해 아낌없는 사랑과 관심을 쏟으셨다. 방학을 맞아 한국에 들어오는 손녀가 보고 싶어 공항에까지 나가 기다리실 때의 모

습은 사랑하는 연인을 기다리는 것처럼 보였다. 그때 공항
에서 할머니와 손녀가 나누던 뜨거운 포옹은 잊을 수 없다.
손녀가 영국으로 돌아갈 때도 공항까지 배웅을 해주며, 깊
은 애정을 표하는 할머니의 모습은 애틋하다 못해 경건하기
까지 했다.

나는 폭풍 성장한 선생님의 손녀를 보며 이런 생각이 들
었다. 자식을 위해서도 아낌없이 투자해야 하지만, 손주를
위해서도 최선을 다해 베푸는 것이 중요하다고 말이다. 흔
히, 자식들에게 혹은 손주들에게 가진 재산이나 물질을 다
퍼주고 나면 홀대받는다고 말한다. 물론 그런 경우도 없지는
않다. 하지만, 사람은 누구나 나를 위해 듬뿍 사랑을 쏟아준
사람에게 고마운 법이다. 오히려 죽을 때까지 돈 한 푼 내놓
지 않고 구두쇠 노릇을 하면, 손주들도 가까이 오지 않는다.

"돈도 마음도 줄 때가 받을 때보다 더 기쁘다. 이렇게 줄
수 있는 것만으로도 정말 감사하다."

언젠가 지유가 서울에서 방학을 보내고 영국으로 돌아갈
때, 선생님이 한 말이 생각난다.

지금은 김혜자 선생님과 방송을 같이하지는 않지만, 늘

연락하며 지내고 있다. 세월이 지날수록 김혜자 선생님의 삶을 닮고 싶다는 생각이 든다. 늘 내 인생의 본보기로 선생님을 생각했지만, 나이 들어가며 그 생각이 더욱 깊어진다. 특히, 자신의 본업인 연기에 몰입하는 모습은 절대적으로 닮고 싶다. 드라마 〈눈이 부시게〉를 보며 참 많은 생각이 들었다. 〈눈이 부시게〉에서 김혜자 선생님은 알츠하이머병을 앓는 할머니 역할을 맡았다. 매회 드라마를 챙겨 보며 속으로 이렇게 읊조리고는 했다.

'저 역할은 김혜자 선생님이 아니면 아무도 할 수 없어. 대사나 표정이 모두 너무도 생생해.'

그동안 다른 영화나 드라마에서 다룬 치매 노인에 대한 연기와는 완전히 달랐다. 방송이 나가고 나면 온 매체는 물론 시청자들의 공감 댓글로 열기가 대단했다. 그렇게 되기까지 온 힘을 다한 선생님의 연기 과정을 알기에, 나 또한 기립 손뼉을 치며 드라마를 보았다.

마지막 방송에서 김혜자 선생님이 내래이션으로 읽어준 내용은 장안의 화제가 될 정도로 감동적이다. 물론 드라마 작가가 쓴 글이라는 것쯤 잘 안다. 하지만 대사를 낭독하는 선생님의 목소리는 신 앞에 드리는 고백처럼 들렸다. 그래서 더욱 절절했고, 듣는 내내 소리 없이 눈물을 흘릴 수밖에 없었다.

"내 삶은 때론 불행했고, 때론 행복했습니다. 삶이 한낱 꿈에 불과하다지만 그럼에도 살아서 좋았습니다. 새벽에 쩽한 차가운 공기, 꽃이 피기 전 부는 달큰한 바람, 해 질 무렵 우러나는 노을의 냄새⋯. 어느 하루 눈부시지 않은 날이 없었습니다. 지금 삶이 힘든 당신, 이 세상에 태어난 이상 당신은 이 모든 걸 매일 누릴 자격이 있습니다. 대단하지 않은 하루가 지나고 또 별거 아닌 하루가 온다 해도 인생은 살 가치가 있습니다. 후회만 가득한 과거와 불안하기만 한 미래 때문에 지금을 망치지 마세요. 오늘을 사랑하세요. 눈이 부시게. 당신은 그럴 자격이 있습니다. 누군가의 엄마였고, 누이였고, 딸이었고, 그리고 나였을 그대들에게⋯."

김혜자 선생님은 백상예술대상을 받는 자리에서도 이 대사로 소감을 대신했다. 나도 그날 방송으로 선생님의 수상 모습을 보았다. 시상식이 끝나니 새벽이었지만, 눈물을 흘리며 메시지를 보냈다.

"선생님의 대상 소감은 전 국민을 울렸습니다. 저도 가슴이 먹먹해 몇 번을 울컥했습니다. 자랑스럽습니다. 닮고 싶습니다."

늘 그렇듯, 선생님은 따뜻한 마음을 담아 답을 주셨다. 나이가 들수록 자신에게 주어진 배역을 더 멋지게 표현하는 대배우 김혜자 선생님처럼, 나 또한 멋지게 나이 들어가는 아민이의 할머니이자 작가로 살고 싶다.

남편이 되찾은
청춘

은퇴한 남자들이 가장 두려워하는 것은 무엇일까?

· 어딜 가나 먼저 내던 밥값, 술값을 못 내게 될까 봐?

· 바쁜 일 때문이라는 핑계로 소홀했던 가족에게 무시당
  할까 봐?

· 몸 생각하지 않고 먹고 싶은 대로 먹고 마신 대가로 몸
  이 아플까 봐?

모두 맞는 말이다. 내 주위에도 은퇴한 남자들이 많다. 나
의 남편도 오랫동안 해오던 사업을 마무리하는 단계이고,

돈 버는 시간보다는 봉사하러 다니는 시간이 더 많아지고 있다.

남편 친구 중에 은행 지점장으로 활발하게 일했던 분이 있다. 우리는 젊어서부터 가족끼리 모여 식사도 많이 하고 여행도 하는 사이였다. 젊을 때는 정말 바쁘던 지점장이 비교적 일찍 은퇴하면서, 다양한 경험을 해나가는 걸 보며 느낀 점이 많다.

학교 선생님인 아내가 출근하고 나면, 은퇴한 남편은 그동안 하고 싶던 것들을 찾아 나섰다. 악기를 하나쯤은 다루고 싶어서 첼로를 배우기 시작했고, 곁들여 성악 개인 지도도 받았다. 가끔 친구들이 모인 자리에서 악기를 연주하며 행복해하던 모습이 지금도 눈에 선하다. 그래도 시간이 남아 서예를 배우는 등 바삐 시간을 보내는 것 같았다.

"처음 1, 2년은 퇴직금도 있고 모아놓은 돈도 있어서 맘껏 배우러 다니는 게 마냥 좋았지요. 그러나 앞으로 30년은 더 살지도 모르는데, 돈이 물 새듯 빠져나가는 걸 보니 은근히 걱정되더라고요. 거기다 악기며 노래도 전문가 수준이 되려면 끝없이 투자해야 한다는 걸 알고는 그만두었어요. 모든 게 시들하네요. 하루는 왜 이리 긴지 모르겠어요."

이어지는 말은 모든 베이비붐 세대를 대변하는 것처럼 들렸다.

"이러다 고독사할까 봐 두려워요. 왜 나이 든 사람들이 고독을 두려워하는지 이해가 되더군요. 은퇴한 남자들이 왜 강아지를 키우는지 알아요? 가족이나 친구보다 훨씬 더 나를 인정해주고 사랑해주기 때문입니다. 그 모든 게 고독에서 나오는 이야기라는 걸 요즘 실감하는 중이라니까요. 백수로 산다는 건 절대 쉽지 않아요. 마음은 아직 청춘인데, 세상이 나를 뒷방 노인네 취급하니 힘든 거지요."

서로가 바빠 만날 시간이 없다가 얼마 전에 남편 친구 부부를 다시 만났다. 지점장이셨던 분의 얼굴에는 활기가 넘쳐났다. 놀랍게도 부부는 어딜 가나 손주를 데리고 다녔다. 자초지종을 듣고 남편 친구의 얼굴에 화색이 돈 이유를 알게 되었다.

"내 인생에 이토록 빛나는 순간이 또 있을까 싶어요! 손주를 보면서 느끼는 게 참 많아요. 아들에게 미안한 마음이 컸는데 빚을 갚는 느낌도 들고요. 젊었을 때는 열심히 돈 벌어서 남부럽지 않게 키우면 된다는 생각만 하느라, 아이들과 함께하는 시간이 없었어요. 그때 제대로 아비 역할 못 한 거 손주에게 흠뻑 해주자는 생각이 들더라고요. 거기다 아내와 함께 손주를 볼 수 있어 더 좋아요. 손주의 예쁜 짓을 함께 보며 행복을 나누다 보니… 부부 금실도 더 좋아지는 것 같아요. 죽은 나무에 꽃이 피는 기분입니다, 하하….”

남편의 고백에 옆에 있던 아내가 공감의 표시로 빙그레 웃었다. 사실 나는 젊었을 때 이 부부의 삶이 무척이나 부러웠다. 교사였던 아내를 대신해 시어머니와 시할머니가 아이 둘을 살뜰히 키워주셨기 때문이다. 육아 걱정 없이 학교에 나가는 그의 아내가 로또에 당첨된 것처럼 보였다. 당시 전업주부로 연년생 아들 둘을 키우던 나와 비교가 되면서, 인생에 회의를 느낀 적도 있었다. 그런데 내가 그렇게나 부러워했던 교직을 버리고 손주를 보기 위해 명예퇴직까지 했다는 아내의 말에 의아했다.

“우리 아이 둘을 할머니들이 정성으로 키워주셨잖아요. 내가 할머니가 되고 보니, 그 일이 힘들고 어려운 걸 알겠더라고요. 새삼 시어른들께 고맙다는 생각도 들었고요. 우리 며느리도 일하느라 아이 돌볼 사람을 찾는 걸 보고, 내가 자청했어요. 이제 빚을 갚을 차례가 된 것 같다고 했지요. 저이가 말한 대로 손주를 키우면서 새롭게 배우고 느끼는 게 정말 많아요. 은퇴하고 우울증 비슷한 증상을 보이던 남편이 다시 활기를 찾은 게 제일 기쁜 일이에요. 아이 데리고 여기저기 돌아다니며, 옛날 생각도 많이 하고… 손주에게 사랑을 맘껏 쏟아부으면서 인생의 절정을 다시 맛보는 기분이라니까요."

손주에게는 사랑만 주면 된다는 말이 가슴에 와닿았다. 얼마 전만 해도 고독사를 말할 만큼 힘들어하던 남편의 얼굴이 활짝 핀 꽃처럼 빛나는 이유가 노년 육아 때문이라니…. 명예퇴직한 아내의 모습도 평화롭기 그지없었다. 아이들을 키워주신 시어머니에게 마음의 빚을 갚으려고 시작한 육아지만 얻는 게 더 많다는 말에 공감이 갔다.

노년의 육아가 대물림되는 것은 자연스러운 일인지도 모른다. 노년 육아로 몸은 힘들지만, 풋보리 같은 손주들이 커가는 모습을 보면서 얻는 기쁨은 그 어떤 것보다 크고 위대하다.

"맥 빠진 노인처럼 살던 남편이 다시 청년 시절로 돌아간 것처럼 힘이 넘쳐서 좋아요. 특히 손주의 손을 잡고 다니며 무언가를 잘 가르쳐줄 때는 당당하고 멋있어 보여요. 애도 할아버지가 무엇이든 잘 아는 것에 놀라워하면서 좋아하고…."

남편은 아내의 칭찬 앞에서 개구쟁이 소년처럼 해맑게 웃었다. 내게 잔뜩 자랑한 뒤, 손주의 손을 잡고 어딘가를 향해 가는 부부의 뒷모습을 한참 쳐다보았다.

남편 친구 부부를 보면서, 얼마 전에 감명 깊게 본 영화 〈인생 후르츠〉가 생각났다. 영화 속 주인공들은 친구 부부보다 나이가 훨씬 많지만, 자연처럼 물 흐르듯 살아가는 모습이 너무나 흡사했다.

주인공인 츠바타 슈이치 할아버지는 평생 건축사로 일했다. 츠바타 슈이치 할아버지는 도쿄대학교 제1공학부를 졸업한 수재다. 젊었을 때는 도시계획학회 이시카와 상을 수상할 만큼 유능한 건축가였다. 그래서인지 나이를 먹어서도 여전히 친환경적인 집을 짓는 등 천천히 그러나 쉼 없이 몸을 움직인다. 그야말로 꼿꼿하면서도 멋진 할아버지다.

그의 곁에는 늘 소녀 같은 87세의 츠바타 히데코 할머니가 있다. 50년 된 손때 묻은 텃밭에 50여 가지의 과일과 70여 가지의 채소를 가꿔 식탁에 올릴 뿐 아니라, 맛있는 음식을 해 이웃에게 나눠주는 걸 좋아한다. 할아버지와 할머니는 키 큰 도토리나무가 하늘을 찌르고 온갖 꽃나무와 들풀이 자리 잡은 집에서 들풀처럼, 혹은 야생화처럼 살아간다.

"바람이 불면 낙엽이 떨어진다. 낙엽이 떨어지면 땅이 비옥해진다. 땅이 비옥해지면 열매가 열린다. 차근차근, 천천히."

자연에서 느끼는 감성을 글로 써서 온갖 채소와 함께 이웃에게 전하는 할머니의 편지는 바삐 사는 현대인들에게 옹달샘 같은 메시지가 아닐 수 없다. 나이는 들었지만, 부부는 언제나 서로에게 사랑의 눈빛을 보낸다. 그 모습이 참으로 곱고 싱그럽다. 양쪽에서 손주의 손을 잡고 가는 남편 친구 부부의 모습도 마찬가지였다. 삶의 연륜이 녹아든 여유로움이 아름다웠다.

생각해보니, 우리 부부도 그럴 때가 있는 것 같다. 서로 하는 일이 다르고, 만나는 사람도 다르다 보니, 공통 화제가 없는 편이다. 평소에는 각기 자기 식대로 사는 편이라, 그리 많은 이야기를 나누지도 못한다. 그런데 아민이가 우리 사이에 끼면 달랐다. 모든 게 통하고, 이해가 안 될 게 없었다.

두 아이를 키울 때는 먹이고, 입히고, 재우는 모든 문제를 놓고 다투기도 많이 했던 것 같다. 초보 엄마, 아빠였으므로 이상과 현실이 다르다는 걸 인정하지 못했다. 그러나 손주는 달랐다. 아민이를 만나면 모든 게 기쁨이자 새로움이며 환희를 안겨주는 것뿐이니, 무엇을 해도 너그럽게 용서된다.

어쩌다 아민이를 데리고 짧은 여행이라도 떠나면, 우리 부부 역시 젊은 시절로 돌아간 듯 서로에게 넉넉해짐을 느낀다. 손주를 키우는 모든 할머니, 할아버지 들은 공감할 것이다. 이 땅의 모든 손주는 인생의 희망이다.

할머니는 왜
그것도 몰라요

바야흐로 100세 시대다. 참 많이 살아온 것 같은데, 아직도 30년에서 50년 정도는 더 살아야 할지도 모른다. 그렇다면 지금은 숨 고르기가 필요한 때다. 후회가 남지 않는 생生을 보내려면, '인생 3막'의 문을 잘 여는 방법에 관해 진지하게 생각해야 한다.

2018년에 서울시 '50+인생학교'에서 실시한 글쓰기 대회에 나온 작품을 심사하면서 뜻깊은 내용을 많이 만났다. 주로 인생 3막을 시작하면서 겪은 시행착오나 보람 등을 적은 내용이었다.

그중에 '논술 학원 다니는 할머니'라는 제목으로 응모한 글이 인상에 남았다. 할머니는 손녀를 갓난아기 때부터 키웠다고 한다. 맞벌이하는 딸을 위해 노후를 바친 것이다. 아이가 어릴 때는 그런대로 수월한 편이었지만, 손주가 글을 읽고 학교에 다니면서부터 할머니의 답답함은 극에 달했다.

숙제를 하다 궁금한 것을 수시로 묻는 손주 앞에서 할머니는 절망할 때가 많았다. 손주가 묻는 말의 뜻조차 모를 때가 많아 자괴감마저 들었다. 저녁에 직장에서 돌아온 딸에게 잠깐이라도 손주의 숙제나 궁금증을 풀어주라고 했지만, 상황은 달라지지 않았다. 손주는 엄마에게는 묻지도 않는 것들을, 다음 날이면 꼭 자신에게 물어 와 미칠 것 같았다.

할머니는 손주가 학교에 간 사이, 검정고시 학원에 등록해 공부를 시작했다. 초등학교도 제대로 못 나온 자신의 무지를 채우기 위해서였다. 할머니는 검정고시에 합격한 뒤 방통대 국문과 수업까지 듣게 됐고 손주와의 갈등을 해소해 나가는 중이라고 했다. 일흔이 훨씬 넘었지만 손주가 중학교에 들어갈 것에 대비해 논술학원에 접수했다는 내용으로 글을 맺었다.

나는 이 글을 읽으며, 감동을 넘어 가슴이 먹먹해졌다. 가난 때문에 하지 못한 공부가 노년 육아를 하면서도 가슴을 찌르는 비수가 되었다는 사실이 아팠다. 오죽하면 눈도 침침하고 가만히 있어도 온몸이 쑤시는 나이에, 공부를 다시 시작했을까. 가슴이 짠했지만 할머니의 용기에는 박수를 보내고 싶었다. 손주를 위해서지만 결국은 자신의 한을 푼 기회가 되었을 테니 말이다.

이런 사례가 서울에만 있는 건 아니다. 팔십이 다 되어가는데도 도전을 멈추지 않는 할머니들이 있다. 미국에 모지스 할머니가 있다면 지리산 자락에는 문해 학교 할머니들이 있다.

문해 학교는 공부할 때를 놓친 어르신들을 위한 학교인데, 전국에 꽤 많이 분포돼 있다. 지난해 책을 내는 과정에서 만난 귀한 인연, 권갑점 선생님이 지리산 구경도 하고 자신이 가르치는 문해 학교 학생들도 만나볼 기회를 주신다고 해 찾아갔다.

아름다운 '안의 중학교' 안에 문해 학교를 위한 공간이 따로 있었다. 손주뻘의 어린 학생들이 다니는 학교에 나가는 할머니 학생들은 행복해 보였다. 화기애애한 분위기 속에서

공부하는 할머니들께 학교에 다니는 이유를 물었다. 사연이
없는 할머니는 단 한 분도 없었다.

"천하보다 귀한 손주들이 보낸 편지를 못 읽을 때의 서러
움…. 말도 못 하고 살았어요."

"은행에 가도 쓰고 읽을 줄 모르니 가슴이 늘 후당당 뛰었
지요."

"간판도 읽을 줄 모르는 까막눈 신세를 면하고 싶었어
요."

"내가 한글을 전혀 모른다는 것을 주위에서 알게 될까 봐
두려움이 컸어요."

"어느 날, 초등학교에 다니는 손녀가 뭘 묻길래 대답을 못
했더니, 할머니는 왜 그것도 모르느냐며 핀잔을 주는데….
쥐구멍이라도 찾고 싶었어요."

모두가 한恨이 깃든 인생이었다. 할머니들은 여자이기 때
문에, 가난하기 때문에 못했던 공부를 늦게나마 하게 된 것
이 정말 기쁘다고 했다. 다리가 아프고, 온몸이 종합병원이
어도 학생이 되려고 절차를 밟았다. 그렇게 시작된 학교생
활은 할머니들의 만병통치약이자, 웃음 천국이 됐다

문해 학교에 다녀와 권갑점 선생님이 할머니들의 이야기

를 담은 책『한숨인 줄 알았더니 꽃숨이더라』(호밀밭, 2018)를 읽고 나니, 다큐멘터리 한 편을 본 것처럼 뜨거웠다. 글의 진정성은 삶에서 우러나온다는 말을 입증해주는 책이었다.

한글도 모르던 할머니들이 배우고 익힌 뒤 지은 시는, 지금까지 읽은 그 어떤 시보다 진솔했고 따뜻했다. 시가 못 배운 한을 품고 살아가시는 많은 분의 마음을 대변하는 것 같아 콧등이 찡했다. 내가 직접 만난 할머니들이 쓰신 글이라 더욱 가슴에 와닿았다.

오늘은 문해학교 입학하는 날
엄마 생각이 많이 났어요

우리 아들 입학식 때 손잡고 갔던 학교를
엄마도 없이 나 혼자 갔어요

'장하다 우리 딸! 학교에 다 가다니'
하늘나라 계신 엄마 오늘도 많이 울었을 낀데

엄마! 울지 마세요

손주는 아무나 보나

춘남이 공부 잘 하겠습니다

엄마가 살아계셨더라면
서명도 못하냐고 무시하던 택배아저씨도
이름도 못 쓰냐고 눈 흘기던 은행아가씨도
우리엄마한테 혼났을 낀데

언젠가 하늘나라 입학하는 날
내가 쓴 일기장 펴놓고
동화책보다 더 재미있게 읽어드릴게요.

　김춘남 할머니의 시 〈장하다 우리 딸!〉을 읽으며 하늘나라에 가신 친정엄마 생각이 나 눈가가 뜨거워졌다. 나의 어머니도 반 백년 넘게 교회에 다녔지만, 한글을 읽을 줄 몰라 귀동냥으로 성경을 따라 읽고 찬송가를 불렀다. 오랜 세월 동안 그 사실을 몰랐던 나는 그 얘기를 듣고 얼마나 가슴을 치며 울었는지 모른다. 엄마가 한글을 못 읽으실 줄은 꿈에도 몰랐다. 불효막심한 딸이었다. 엄마의 무학을 안 뒤로, 시간 날 때마다 한글을 가르쳐드렸더니, 나중에는 성경책과

찬양집을 잘 읽으셨다. 나의 어머니도 살아계셨다면 문해 학교에 입학시켜드렸을 텐데….

누구나 가슴속에 꿈을 품고 있다. 그 불씨는 나이가 많든 적든 살아 있을 것이다. 어쩌면 노년 육아가 불쏘시개가 되어 진짜 하고 싶은 일을 해볼 기회를 마련해줄지도 모른다. 배우고 싶은 마음만 있으면 언제든 기회는 닿게 마련이다. 칠십이 넘어 논술 학원에 다니는 할머니와 지리산 자락의 문해 학교 할머니들처럼 말이다.

할머니 집으로
떠밀려 온 아이들

　나는 경기도 끝자락인 두메산골에서 자랐다. 유년 시절에 자연에서 뛰어놀던 에너지로 글을 쓰고 있다. 시골 생활이 무조건 낭만적이거나 평화로운 것만은 아니다. 문화생활이나 병원 이용 등 모든 면에서 불편하며 낙후된 삶이다. 어린 나는 섬에 갇힌 듯한 두메산골에서 탈출하기 위해 무던히 애를 썼다. 나만 그런 건 아닐 것이다.

　도시로의 진출! 산업화로 수많은 농촌 젊은이들이 무작정 고향을 떠났다. 도시로 간다고 해서 시골에서와 차원이 다른 삶을 누리는 건 아니다. 상대적인 빈곤감으로 힘들 때도 많지만, 다시 고향으로 돌아갈 생각을 하는 사람은 드물다.

젊은이들이 떠난 농촌은 허허롭다. 추수가 끝난 논바닥에 찬비가 내려 썰렁한 것처럼 말이다. 언제부터인가 마을에서 아이의 울음소리가 들리지 않는다. 마을 회관은 노인들로 차고 넘친다. 칠순이 지난 노인이 막내뻘일 만큼 나이 든 어르신이 많다. 그들의 얼굴에 드리운 그늘이 고단한 삶을 대변한다.

나의 고향도 마찬가지였다. 친정엄마가 살아 계실 때, 가끔 시골에 내려가 보면, 머리에 살구꽃 핀 노인뿐이었다. 노인들끼리 복지관에 모여 어기적거리며 밥을 해 먹고, 종일 앉아 화투를 치거나 텔레비전을 보는 게 일이었다.

그런데 시골 마을의 적막을 깨고 아이들이 칭얼대는 소리가 들리기 시작했다. 마침 그때 친정엄마 산소에 갔다가 아이들을 만났다. 열두 살 정도 된 남자아이가 고만고만한 남동생 둘을 데리고 온 동네를 휘젓고 다녔다. 씻지 않아 얼굴이며 옷이 더러운 채로 말이다. 방치된 아이들인 듯싶었다. 어머니 산소 곁에서 닭을 키우며 농사를 짓고 있는 오빠에게 물었다.

"오빠, 저 애들은 누구야?"

"엄마랑 친했던 왕할머니 손주들이잖니. 그 집 아들이 인

천 공장에 다니며 결혼해서 잘 사는 줄 알았더니, 이혼했다는 것 같아. 쟤들 엄마가 못 살겠다고 셋이나 되는 애들을 팽개치고 도망을 갔단다. 왕할머니는 허리를 수술해서 꼼짝도 못 하고 누워 있는데 말이야. 애들을 학교에도 안 보내고 저렇게 천방지축 내버려두니… 참 딱해."

복지관에서 삼시 세끼는 먹이지만 입히고 씻기는 일까지는 아무도 해주지 못해, 아이들이 노숙자 신세라며 안타까워했다.

성묘를 마치고 서울로 돌아오려던 길에 그 아이들과 마주쳤다. 복지관에 식사를 하러 가는 것 같았다. '한 아이를 키우려면 온 마을이 필요하다'는 말처럼, 음식이라도 제공해주는 복지관이 있어 다행이다 싶었다. 나는 그냥 지나칠 수가 없었다. 왕할머니는 우리 엄마랑 친했던 분이기에 남 일 같지 않았다. 맏형처럼 보이는 아이에게 조심스럽게 말을 건넸다.

"안녕? 난 너희 할머니를 잘 알아. 할머니가 많이 아프시다면서?"

"할머니는 늘 누워 계세요. 밥도 제가 복지관에서 얻어다 드려야 간신히 드세요."

아이가 생각보다 아주 의젓했지만, 눈빛은 날카로우면서

도 불만으로 가득 차 있었다.

"넌 학교에 안 가니?"

"못 가요. 서류가 없어서요."

"무슨 서류? 요즘은 중학교까지 무상 교육이라 그냥 다닐 수 있을 텐데… 동생들도 마찬가지고…."

"엄마, 아빠가 출생신고를 안 했대요."

아뿔싸! 아이에게 상처가 될 수도 있는 질문을 한 것 같아 부끄러웠다. 할 말을 잃은 채 멍하니 아이를 바라보았다.

"이거 아줌마 성의야. 동생들이랑 맛있는 거 사 먹어."

지갑을 털어 아이의 손에 쥐여준 뒤, 정거장을 향해 가는 발걸음은 무거웠다. 고향에 남아 자식들이 떠난 자리를 지키다 병든 것도 서러운데, 손주까지 맡아야 하다니… 왕할머니는 얼마나 힘겨우실까. 그 아들은 왜 자기 자식들의 출생신고도 하지 않고, 병든 어머니에게 짐짝 던지듯 떠맡긴 것일까. 아들도 사정이 있을 것이다. 그러나 자식을 방치하는 건 어떤 말로도 변명이 되지 않는다.

버스를 타고 서울로 올라오면서도 왕할머니 손주들의 얼굴이 떠올랐다. 불만이 가득한 맏형의 얼굴과 두 동생의 모습에서 영화 한 편이 스쳐 지나갔다. 나딘 라바키 감독의 〈가버나움〉은 부모로부터 방치된 아이들의 이야기를 다큐멘터리처럼 만든 영화다.

"나를 세상에 태어나게 한 부모님을 고소하고 싶어요…"라는 자극적인 문구가 시사하듯, 이 영화에는 부모로부터 아무런 돌봄을 받지 못하는 아이들이 나온다.

영화의 주인공인 자인은 열두 살로 추정될 뿐 실제 나이는 알 수 없다. 지붕이 새서 빗물이 흥건하고 제대로 된 침대조차 없는 좁은 방은 아이들로 북적댄다. 모두가 자인의 친동생이다. 부모님은 대책 없이 아이를 낳았다. 책임감 없이 낳기만 했을 뿐, 먹이고 입히고 가르치는 일은 하지 않았다. 부모인 자신들조차도 가난하게 태어나서 제대로 배우지 못했기에 숙명처럼 가난하게 살 수밖에 없다는 핑계를 대면서….

어린 자인은 학교 대신 시장에서 노동을 하며 식구들을 먹여 살린다. 그나마도 여동생 사하드와 잘 통해서 힘든 나날을 견딜 수 있다. 그런데 동생이 초경을 치르자, 아버지는 슈퍼를 운영하는 나이 든 남자에게 딸을 팔아넘긴다. 자인은 그런 아버지에게 격하게 대들며 반대하지만 소용이 없다. 충격으로 자인은 집을 나와 거리의 아이가 된다. 그러다 불법체류자인 아주머니의 아이를 돌봐주며 살게 된다. 어느 날 그녀가 경찰에 감금되자, 자인은 아이의 엄마 역할을 떠맡게 된다.

자인은 아이에게 "너희 엄마는 우리 엄마보다 더 나쁘다"고 말하면서도, 아이를 위해 장사도 하고 구걸도 하며 보살피려 애쓴다. 하지만, 고작 열두 살인 자인이 갓난아이를 맡는 데는 한계가 있다. 난민 신청을 해서 외국으로 떠나면 돈 걱정 없이 살 수 있다는 누군가의 말에, 자인은 집으로 서류를 가지러 간다. 그때 돈 때문에 팔려 간 동생이 임신중독으로 위독했는데, 호적이 없어 치료도 못 받고 죽었다는 이야기를 듣는다. 자인은 분노를 감추지 못하고, 동생을 사 간 남자를 찾아가 칼로 찌른다. 감옥에 있는 자인을 면회하러 온 엄마가 또 임신한 걸 알게 되면서, 자인은 깊은 절망에 빠진다.

결국 "나의 부모님을 고소합니다"라며 재판을 요구한다. 법정에 엄마, 아빠와 나란히 선 자인은 말한다.

"지금 엄마 배 속에 있는 아이를 낳지 못하게 해주세요. 저 아이도 나와 똑같이 고통을 당할 게 뻔하니까요."

영화를 보면 굳이 아이에 대한 인권을 말하지 않아도, 이건 심하다 싶은 생각이 절절하게 든다.

부모의 이혼은 자식들에게 치명적인 상처가 되기도 한다. 선택권 없이 태어난 자식들이 그 상황에서 할 수 있는 일은 아무것도 없다. 부부로 살다가 맞지 않아 어쩔 수 없이 이혼했다 하더라도 자식만은 끝까지 책임을 져야 한다.

요즘 마흔이 넘도록 결혼을 안 하거나, 결혼에 관심이 없는 자식 때문에 고민하는 부모들이 부지기수다. 끝내지 못한 숙제를 안고 살아가는 기분이라는 것이다. 그런데 언제부터인가 이런 말로 위로를 대신하는 것을 볼 수 있다.

"맞지 않는 결혼을 하는 것보다 자기가 하고 싶은 일을 하면서 혼자 사는 자식을 보는 게 훨씬 낫지. 자식이 이혼한 뒤, 아이를 맡아달라고 하면 더 힘들어."

눈에 넣어도 안 아플 손주들이 부모의 이혼으로 할머니, 할아버지에게 짐처럼 맡겨지는 게 큰 문제가 되기도 한다. 경제적인 여유가 어느 정도 있는 집은 그래도 낫다. 반면 경제적인 도움이 필요한 이들이 손주 양육까지 책임지는 건 현실적으로 힘겨운 일이다.

어떤 이유에서든 아이들이 방치되는 일은 개인의 문제로만 여겨져서는 안 된다. 취학 통지서를 받고도 학교에 나오지 않는 아이들에게 관심을 두는 것처럼, 정부 차원에서 아이들에게 더욱 더 세밀하게 관심을 가져야 할 것이다.

얼마 전에 본 신문에 '손주들 키우는 노부부에게 퇴로가 없다'(《경향신문》, 2019.5.4.)라는 기사가 있었다. 손주에게 장애가 있다는 것만 빼면, 고향에 계신 왕할머니의 문제와 별 차이가 없었다. 자신의 몸조차 가누기 힘든 할머니, 할아버지에게 '퇴로가 없다'는 건 천형과 같은 일이다. 이 또한 정책적인 도움이 절실한 문제라고 생각한다.

"나를 세상에 태어나게 한 부모님을 고소하고 싶어요…"라는 영화 광고 문구가 뇌리에서 오랫동안 떠나지 않았다. 아픈 세상이다.

공짜 육아는
사절

같은 동네에서 30년이 넘게 살았지만, 알고 지내는 이웃은 거의 없다. 결혼해서 이 동네에 살기 시작했을 때는 어르신들이 거의 다였다. 대부분이 시어머니와 오랜 지인들이라 바깥출입을 꺼렸다. 대문을 열고 나가다 부딪치면 인사만 겨우 할 뿐, 말 붙일 엄두가 안 났다. 모두가 시어머니처럼 어렵고 조심스러운 분들이었다.

아이들을 키울 때도 동네에서 놀기보다는 어디든 숨구멍을 찾아 나섰다. 아이들을 데리고 북한산 자락에 사는 친구네 집에 가서 그 집 아이들과 놀라고 한 뒤, 홀시어머니에 외아들을 택한 우리끼리 수다를 늘어놓고는 했다. 그때 친구와 함께한 시간이 없었다면, 아무 준비 없이 뛰어든 삶이라는 무대에서 지쳐 떨어졌을 것이다.

방송 일을 시작하면서 바빠진 후로는, 출근하는 직장인이 아니었는데도 늘 밖에 일이 있었다. 아이들 유치원 하교 시간에 맞춰서 집에 들어오면, 밖에 나갈 시간이 없을 만큼 분주했다. 그렇게 아이들을 키우며 이웃과 사귈 시간적 여유는 없었다.

동네에 오래 사셨던 어르신들이 돌아가시면서, 또 다른 사람들이 들어와 둥지를 틀었다. 동네에서 가장 오래 사신 우리 어머니만 남아 계시니, 이제 동네에 알고 지내는 사람도 없다. 시골 마을 같던 동네 분위기도 조금씩 바뀌기 시작했다.

영미 할머니는 최근 들어 만나게 된 이웃이다. 주말마다 찾아오는 아민이를 데리고 마로니에 공원에 가 놀고 있는데, 영미 할머니가 손녀를 데리고 나왔다. 아민이가 다치지는 않을까, 온통 신경을 쓰느라 누가 다가오는지도 몰랐는데, 영미 할머니가 먼저 인사를 건넸다.

"안녕하세요. 저는 이 동네에 이사 온 지 얼마 안 됐어요.

손녀를 봐주다 보니 여기에 자주 나와요. 손잔가 봐요?"

영미 할머니는 순박하고 부지런해 보였다. 다행히 아민이
와 영미가 같이 잘 놀아 한참을 공원에 앉아 있어야 했다.

"이렇게 손주를 봐주면 며느리가 용돈은 많이 주지요?"

영미 할머니의 느닷없는 질문에 어떤 답을 해야 할지 잠
시 망설였다.

"저는 전적으로 아이를 봐주지는 못해요. 외할머니가 애
쓰고 계셔요."

내 말이 끝나자마자 영미 할머니는 기다렸다는 듯 말을
이었다.

"난 손주 봐주다가 인생이 다 갔어요. 큰딸네가 힘들다고
해서 아들딸 모두 초등학교 졸업할 때까지 우리 집에서 키
웠죠. 쟤는 둘째 딸 아이인데, 갓난아이 때부터 맡아 키워서
지금도 같이 살아요. 딸이 왕십리에서 식당을 하는데… 쉬
는 날만 달랑 와서 지 자식 얼굴만 보고 가요."

힘들다는 하소연을 하고 싶었던 것 같다. 나는 아민이도
많이 뛰었고, 영미도 땀을 많이 흘리는 것 같으니 근처 가게
에서 음료수와 간식을 사 먹이고 싶다고 했다. 영미 할머니
는 가게에 앉자마자 내게 질문을 퍼부었다.

"올해 나이가 어떻게 돼요? 난 쥐띤데…. 남들이 내 나이보다 열 살은 더 많게 보더라고요. 그게 다 고생해서 그래요. 택시 운전하는 남편의 돈벌이가 변변찮아 두 딸 다 대학을 못 보냈어요. 가난은 대물림한다더니… 딸들도 남편하고 같이 벌어야 겨우 먹고살 정도고…. 애를 봐줄 수밖에 없었어요. 근데 요즘은 몸까지 안 아픈 곳이 없으니까 한숨만 나와요. 딸들은 어미 아프다는 말은 귓등으로도 안 듣고. 남들은 애 봐주면 꼬박꼬박 월급처럼 돈도 준다는데 그것도 하나 없고…. 남편 복이 없으니 자식 복도 없네요."

영미 할머니는 아이들 간식이며 우리가 먹는 아이스크림 값을 내가 내는 것에 대한 미안한 표현을 자신의 처지로 대신하는 것 같았다.

"딸들에게 터놓고 말씀해보시지 그랬어요? 아이들을 봐주는 대신 아이 돌보미에게 줄 돈의 일부라도 달라고…."

나의 말에 물꼬가 트인 듯 영미 할머니는 속내를 털어놓았다.

"말도 마세요. 큰딸은 내 얼굴만 보면, 전세금 올려줘야 한다며 한숨부터 쉬지를 않나, 애들 학원비가 없어서 속상하다며 죽는소리부터 합디다. 작은딸은 식당에 손님이 없어서 가겟세도 못 낸다고… 우윳값이며 기저귓값 벌기도 힘들다며 애만 보고 그냥 갈 때가 있어요. 어느 때는 내가 알아서 아이한테 필요한 거 사다가 먹이고 입히는데, 애 봐주는 값이라도 달라고 하면 아마 까무러칠 거예요."

영미 할머니가 가게에서 나오며 한 말은 정말 심각했다.

"이러다 우울증에 걸릴 것 같아요. 이때껏 해외여행이라고는 가본 적이 없어요. 근데 얼마 전에 큰딸이 해외여행을 간다며, 애들을 좀 봐달라고 하더라고요. 할 수 없이 일찍 딸네 집에 가서 손주들을 학교에 보내고 돌아오는데 눈물이 왈칵 쏟아지더라니까요…. 뭐 하고 살았나 싶은 게…. 친구들은 해외여행을 마실 가듯 가던데… 나만 바보처럼 산 것 같아요."

영미 할머니의 말을 가만히 들어주는 것 외에는 할 말이 없었다. 섣부른 위로가 불난 가슴에 휘발유를 끼얹는 것이 될 것 같아 조심스러웠다.

주위에 영미 할머니와 같은 처지에 놓인 분들이 의외로 많다. 젊은 부부들을 보면 맞벌이하면서 아이 돌보미를 고용하는 경우가 많다. 그때 들어가는 의외의 돈이 많다는 건 누구나 안다. 고정으로 나가는 돈 말고도 때마다 챙겨주어야 할 돈이 만만치 않다. 내 아이를 진심으로 아끼고 사랑해 주길 바라는 마음으로 물질을 주는 것이다.

"맞벌이하는 건 돈을 벌기 위해서라기보다는 경력 단절녀로 남지 않기 위해서다."

젊은 엄마들이 가장 많이 듣고 실제로 체감하는 말일 것이다. 여러모로 한 생명을 키워내는 일은 힘겹다.

인성이 바르고 교육에 관심이 있는 아이 돌보미를 만나는 것을 더없는 행운으로 여길 정도다. 이렇게 힘들게 아이를 키워야 하는 부담 때문에 아이를 낳지 않겠다는 젊은 부부가 늘고 있다. 정부에서 간간이 노루 오줌만큼 물질을 집어주면서, 아이 낳기를 강요하는 것을 볼 때마다 화가 나는 이유이기도 하다.

그러나 아이 돌보미조차 고용할 수 없는 엄마들은 친정어머니나 시어머니에게 신세를 질 수밖에 없다. 그래서 영미 할머니같이 노년 육아 우울증에 시달리는 할머니들이 늘고 있다. 내 몸이 아프고 힘겨우면, 아무리 손주가 예뻐도 만사가 귀찮다. 거기다 물질적으로 아무런 보상조차 없을 때 오는 허탈감은 치사한 것 같지만 엄청나게 크다.

'돈이 있는 곳에 마음이 간다'는 말은 육아 노동에 시달리는 할머니들에게도 해당한다. 늙어도 돈은 필요하다. 마음만 먹으면 돈을 벌 수 있었던 젊은 시절과 달리 노년에는 통장 잔고에 따라 삶의 질이 달라진다. 지갑이 얇으면 자존감이 초고속으로 다운되고, 자식들이 용돈이라도 두둑하게 주면, 살맛이 절로 난다.

영미 할머니의 경우를 보아도 그렇다. 딸이 힘든 가운데서도 조금의 성의 표시라도 했다면 할머니가 우울의 늪에서 허우적거리지는 않았을 것이다. 딸이 아이 돌보미를 고용했다면 어땠을까? 아이 돌보미에게 줘야 할 돈의 반만이라도 친정어머니께 챙겨드리는 것이 도리 아닐까? 이런 부분이 좀 더 확연해져야 노년 육아에 대한 인식도 달라질 것이다.

물론 친정엄마에게 아무런 대가 없이 아이를 맡긴 딸의 처지도 이해가 된다. 한 달 내내 몸이 부서져라 식당 일을 해도 가겟세 내고 재룟값 빼면, 아기 우윳값도 벌기 어렵다니 말이다. 우리 젊은 세대의 팍팍한 삶의 모습을 보는 것 같아 가슴 아프다.

물질에 대한 부분을 내가 더 말하면 오버일 것 같다. 그래도 내 아이를 맡아주신 친정엄마의 마음 받은 신경 써야 하지 않을까, 조심스럽게 묻고 싶다. 언젠가 동네에서 영미 엄마를 만난다면, 이 말을 꼭 해주고 싶다.

"영미를 건강하게 키우려면, 친정엄마 마음부터 헤아려주세요. 지금 영미 할머니는 몸과 마음이 모두 아프시다고요."

아무리 여권이 향상되었다고 해도 사회적으로 육아 문제는 여전히 여성의 몫과 책임이 더 크다고 인식되는 듯하다. 아이 때문에 아프고 힘들고 안타까운 마음을 모두 엄마에게로 넘긴다면, 이 문제는 영원히 끝나지 않을 것이다. 육아 문제는 엄마, 아빠가 공동으로 책임져야 할 절체절명의 과제다. 나아가 정부에서도 젊은 부부가 아이를 낳아서 제대로, 행복하게, 편안하게 키울 수 있는 안정적인 제도를 마련해야 한다. 탁상공론이 아닌, 실질적인 제도로 말이다.

나는 이참에 한 가지 제안을 해보고 싶다. "소득이 적은 자식의 아이를 돌보는 조부모에게 특별양육비를 지급하는 제도"가 필요하다고 말이다. 힘들게 일해도 돈이 모이지 않는 젊은 부부에게는 숨통을 트여줄 것이며, 온몸이 아프면서도 손주를 봐야 하는 할머니나 할아버지 들에게는 실질적인 보상이 될 것이므로…. 구체적인 방안은 아니지만, 나

와 나이가 같은 영미 할머니의 너무도 안타까운 고백을 들

으며 제도적인 보완책이 필요하다는 생각이 들었다.

당신에게
손주란

"톡! 톡!"

어느 날, 동영상이 하나 도착했다. 일로 만났으나 지금은 동지이자 친구처럼 지내는 하늘꿈학교 임향자 교장선생님이 보내온 메시지였다. 평소에 SNS를 잘 하지 않던 분이 보낸 거라 궁금증을 안고 창을 열었다. 동영상에는 잔잔하면서도 아름다운 풍경이 들어 있었다. 휴먼 영화보다 더 감동적인 영상이었다.

임 선생님의 손주인 세 살배기 진수가 종종거리며 바삐 걷는다. 색 배합이 기막힌 옷차림의 진수는 아역 배우 못지않게 예쁘다. 나도 모르게 감탄사를 연발하며 진수의 행보를 따른다. 잠시 후, 진수 곁을 말없이 따르는 누군가가 나타난다. 진수의 할아버지다. 진수는 할아버지가 따라온다는 것을 알면서도 모른 척, 아장아장 잘도 걷는다. 가끔 뒤를 돌아보며, 씩 미소까지 지으며…. 진수는 걸으며 눈에 띄는 모든 것에 관심을 보인다. 그때마다 할아버지도 걸음을 멈춘다. 진수는 숨바꼭질이라도 하듯 건물 기둥 뒤에 숨는다. 할아버지는 모른 척하다가 민첩하게 진수를 찾는다.

"까꿍! 진수 찾았다."

"까르르, 까르르…"

진수의 명랑한 웃음소리가 길게 이어지면서 동영상은 끝난다. 여운이 남아 동영상 속 진수의 얼굴을 몇 번이고 들여다보았다. 진수가 귀엽기도 했지만, 진수 할아버지의 변신이 더 놀라웠다.

10년 전, 탈북 청소년들의 이야기를 써줄 작가를 찾던 임 선생님이 내 청소년소설을 읽고 전화를 주셨다. 그 인연으로 나는 탈북 아이들에게 글쓰기를 가르치며 보고 듣고 느낀 것을 작품으로 쓰고 있다. 임 선생님과는 통하는 부분이 많아 가족사도 함께 나눌 만큼 우정을 나누는 사이가 되었다. 임 선생님과 가깝게 지내다 보니, 진수 할아버지이자 개인 병원을 운영하시는 정창우 원장님도 만나 뵙게 되었다. 동영상을 보기 전까지, 내가 본 정 원장님은 냉철하고 정확하며 이성적인 분이었다. 같은 베이비붐 세대지만, 늘 우등생으로서의 삶을 살아온 사람답게 너무 꼿꼿해서 쉽게 다가갈 수 없는 인상이었다. 한마디로 어려운 분이었다.

그런데 진수를 따르는 모습은 인자한 할아버지 그 자체였다. 세상에서 더없이 행복해 보이는 할아버지였다. 나는 동영상을 본 뒤에야 임 선생님이 정 원장님의 변화에 대해 말했던 부분이 이해되었다.

"진수의 옷이며 장난감은 모두 할아버지 몫이에요. 주말마다 진수가 우리 집에 오는데, 할아버지가 나보다 더 잘 돌봐주는 걸 보면 나도 놀라워요. 완전히 딴사람 같아요, 진수가 오면…."

나도 아민이에게 옷 사주는 걸 좋아하는 편이라 원장님의 마음에 충분히 공감하였다. 그러나 겉으로 풍기는 이미지와는 전혀 어울리지 않았다.

"진수가 말을 하게 되면서 남편이 더 많이 바뀌었어요. 가끔 병원 일이 너무 힘들다, 이 나이에도 진료를 보면서 살아야 하나… 우울증 환자처럼 기운 빠진 소리를 많이 했거든요. 그런데 진수랑 놀면서 옛날에 당당했던 모습을 되찾은 것 같아요. 정말 손주를 예뻐한다는 게 옆에서도 절절하게 느껴지면서요."

정 원장님의 속내를 알고 싶어 인터뷰를 하기로 마음먹었다. 바쁜 틈새를 이용해 정 원장님은 나의 전화 인터뷰에 친절하게 응해주셨다. 진수와 아민이의 이야기로 인사를 나눈 뒤 단도직입적으로 물었다.

"원장님에게 진수는 어떤 의미입니까?"

"내 삶의 가장 큰 기쁨이지요!"

짧지만 매우 강렬한 답이었다. 가슴이 뜨거워졌다.

"토요일마다 진수를 돌봐주신다던데… 피곤하지 않으세요?"

"전혀요. 옛날에 집사람과 연애할 때처럼 설렘이 있습니다. 진수를 기다리는 동안 늘 그랬어요. 그 마음이 있기 때문에 토요일에는 다른 약속을 잡지 않습니다. 사랑하는 진수를 보는 것보다 기쁜 일은 없으니까요."

"진수가 입은 옷 색깔이 너무 예뻐요. 원장님이 사주셨다면서요?"

"제가 사준 옷을 입은 진수가 예뻐요. 잘 골랐다 싶고요.

그러다 보니 자꾸 옷을 사게 되고… 진수에게 필요한 것이
면 무엇이든 사게 되더군요. 주는 기쁨을 이 나이가 되어서
야 비로소 알게 되었습니다."

정 원장님의 목소리는 청년처럼 활기가 넘쳤다. 손주인
진수에 대한 사랑이 목소리에 뚝뚝 묻어났다. 동영상에 나
온 멋진 할아버지의 모습은 연출이 아닌, 진실 그 자체였다.
정 원장님의 전화를 끊고 나니, 임 선생님과 더욱 가까워진
느낌이었다. 모든 게 잘 통하는 데다 남편의 극진한 손주 사
랑법까지 닮았으니 말이다.

손주 사랑에 푹 빠진 할아버지 한 분을 더 소개하고 싶다.
대학로에 살면서 가장 오래된 이웃이 있다면 '한독 약국'의
주인장이신 전상훈 약사님이다.

내가 사는 대학로에는 서울대병원 등 종합병원이 있지만,
그곳은 사람도 많고 진료 절차가 복잡해 이용하기가 쉽지
않다. 특히 쉬는 날, 아이들이 열감기에라도 걸리면 난감하
기 짝이 없다. 그때 많은 도움을 준 분이 전 약사님이다. 큰
아들이 태어나면서부터 알고 지냈으니 30년이 넘었다.

나는 편두통을 고질병으로 안고 살아왔다. 누군가가 머리

를 송곳으로 파는 것처럼 통증이 심할 때, 전 약사님을 찾으면 증상에 맞는 약을 잘 지어주셔서, 병원에 가지 않고도 통증이 말끔히 사라지고는 했다.

게다가 약사님은 책을 늘 가까이 두고 읽는 문화인이다. 우리 동네에서 가장 길목이 좋은 곳에 약국이 있다 보니, 늘 그분의 동선이 보인다. 환자와의 상담 시간 외에는 거의 책을 읽고 계신다. 내 책이 나올 때마다 선물로 드리려고 하면, 꼭 책값을 지불해주시는 센스도 있다. 거기에 동숭동에 이렇게 멋진 글을 쓰는 작가가 있다는 것이 너무 기쁘다는 격려의 말씀도 빼놓지 않는 분이라, 여러모로 힘이 되는 이웃이다.

집에 가는 길에 일부러 약국에 들를 때가 있다. 약사님의 근황이라든가, 요즘 읽고 있는 책에 대한 정보 등을 나누고 싶어서다. 엊그제도 산책을 나가며 약국에 들렀더니, 기다렸다는 듯 반갑게 맞아주셨다.

"이 달력 좀 보시려우, 박 작가?"

불쑥 내민 달력을 보며 의아해하는 내가 재밌었는지 약사님이 싱글벙글 웃으며 말씀하셨다.

"우리 손주들 사진으로 만든 특별한 달력이라우! 큰아들이 낳은 아들… 작은아들이 낳은 남매… 정말 예쁘죠? 요즘 달력 보는 재미로 산다우!"

놀라웠다. 혼자 약국을 지키느라 늘 바쁘고, 짬짬이 책도 읽고 운동도 열심히 다니는 분이라 손주에게는 관심조차 없으신 줄 알았다. 그런데 달력 속의 손주들을 바라보는 눈빛은 다른 할아버지들과 같았다. 아니 인자함과 뿌듯함이 더욱 넘쳐났다.

"약사님께 손주는 어떤 의미인가요?"

나는 물었다. 일흔이 훨씬 넘은 나이에도 열정적으로 일을 하는 할아버지에게 손주는 어떤 의미일까? 약사님은 대답 대신 얼마 전에 온 가족이 함께 유럽 여행을 다녀온 이야기를 하시며, 그중에 한 에피소드를 강조했다.

"다섯 살밖에 안 된 손자가 아드리아해에 갔을 땐데…. 어찌나 잘 걷는지 놀랐어요. 모든 식구가 잘 걷는다고 칭찬을 해줬더니, 앞에서 강중거리며 더 신나게 걷더라고요. 그 모습을 보니 더 바랄 것이 없더군요. 한참을 걷다 힘들 거 같아서 아이스크림을 다 같이 먹는데…. '바다를 보면서 아이스크림을 먹으니 더 맛있다!' 이러는 게 아니겠어요?"

약사님이 손주 자랑에 빠져 내 질문을 잊을 것 같아 살짝 다시 질문했다.

"손주의 의미라… 그거야 두말하면 잔소리죠. 손주는 내 모든 것이라 할 수 있어요. 나의 모든 것을 다 주어도 전혀 아깝지 않을 만큼 귀중한 존재."

이 말을 쏟아놓은 뒤에도 약사님은 손주들과의 여행에서 있었던 일에 대해 열변을 토했다. 말하는 내내 입가에 미소가 떠나지 않았다. 놀라운 것은 약사님이 무슨 말을 해도 다 이해가 된다는 것이었다. 손주를 바라보는 시선이 같기 때문일 것이다.

나는 할아버지나 할머니 들을 만나면 불쑥 질문을 던지고는 한다. "당신에게 손주는 어떤 의미입니까?"라고.

· 우리 가족의 미래이자 희망이다.

· 모든 것의 모든 것이다.

· 모든 것을 다 주어도 아깝지 않다.

· 내 존재의 이유다.

· 눈에 넣어도 아프지 않을 만큼 사랑스럽고 예쁘다.

· 손주들이 결혼해서 아이 낳는 것까지 보고 싶다. 건강관

리를 잘 해야겠다.

· 뭘 해도 천사 같다. 똥을 싸는 모습조차 사랑스럽다.

　대답은 다른 듯 같았다. 인생 역정이 다를 뿐 손주를 바라보는 마음은 한결같았다. 그래서 할머니, 할아버지 들은 길 가다가도 아이만 보면 그냥 지나치지 못하는 게 아닐까. 내 손주가 아니어도 예쁘고 사랑스러워서 말 한마디라도 건네고 싶은 심정. 너무도 이해되고 공감된다.

　약사님의 손주 자랑을 듣고 돌아오며 결심했다. 아민이의 모든 것이 담긴 가족 달력을 만들 거라고….

내 운명을
사랑하자

　나는 가수 김연자의 노래 〈아모르파티〉를 좋아한다. 늘 조용히 앉아 작업을 하거나, 강연을 다니는 터라 차분히 노래를 들을 수 있는 시간이 적다. 그래서인지 특별히 좋아하는 노래도 없이 세월의 강을 건너왔다. 〈아모르파티〉는 일속에 파묻혀 사는 내게 숙명처럼 다가온 노래다.

　얼마 남지 않은 단풍이 바람에 흩날리던 어느 가을날, 급한 일로 홍대 앞까지 택시를 타게 되었다. 머리가 희끗거리는 기사 아저씨가 틀어놓은 라디오에서 인생의 쓴맛, 단맛을 한꺼번에 느끼게 하는 목소리가 흘러나와 내 가슴을 휘저었다. 재즈와 트로트가 섞인 음률도 좋았지만, 가사가 가슴에 와닿았다.

노래가 끝나자, 진행자가 가수의 인생 역정과 함께 '아모르파티'라는 제목을 다시 언급했다. 핸드폰으로 가사를 찾아보았다.

나이는 숫자에 불과하고 마음이 진짜다, 모든 걸 잘할 순 없으니 자신에게 실망하지 말자, 오늘보다 더 나은 내일이면 된다, 한 번 왔다 갈 인생이니 더 이상 슬퍼하지 말고 가슴 뛰는 대로 가면 된다는 내용이었다.

그날, 일을 마치고 집으로 돌아와 이 노래를 열 번도 더 들었던 것 같다. 들을수록 내 마음을 대변하는 것 같았다.

노래 제목에 담긴 뜻이 궁금해서 사전을 찾아봤더니, 여러 정보가 나와 있었다. '아모르파티'는 '자신의 운명을 사랑하라는 의미로, 인간이 가져야 할 삶의 태도를 설명하는 프리드리히 니체의 용어이며, 운명애運命愛'라는 설명이 눈길을 끌었다. 대중가요에 이토록 심오한 의미가 담겨 있다니… 놀랍고 반가웠다.

니체는 '영원 회귀' 사상을 말했다. 인생은 늘 반복되지만, 허무주의에 빠지기보다는 긍정적으로 생활하기를 강조한 것이다. 한마디로 누구에게나 인생의 고난과 역경이 있지만, 긍정적으로 받아들이는 것이 허무를 극복한다는 말이다. '아모르파티'라는 제목을 정할 때도 이런 마음을 담아 대중에게 무언의 암시를 주려 했을지 모른다.

나이가 들수록 주어진 모든 상황과 일을 숙명으로 받아들이게 된다. 나이가 주는 힘이다. 예전에는 내가 원치 않는 삶에 분노하고 반격했다. 나에게 가시를 던진 사람을 향해 비수로 맞섰다. 그럴수록 내 가슴에는 스크래치가 나 쓰리고 아팠다. '운명애'라는 뜻이 담긴 '아모르파티'를 좋아한 데는 그 거친 물살을 헤치고 나온 세월이 있었기 때문인지도 모른다.

내게 아주 힘들게 자신의 아픔을 이야기해준 선배가 있다. 방송 일을 하며 만난 분인데 오랫동안 친분을 나누며 잘 지내온 사이다. 그 선배는 영화 평을 써 책으로 내면서 방송도 하고 강의도 하며 잘 살았다. 남편에 이어 아들까지 대학에서 강의를 하는, 남부러울 것 없는 삶을 살았다. 다 가졌지만 늘 겸손하게 남을 먼저 배려하는 모습이 아름다운 분이다.

그런데 갑자기 방송 일도 그만두고, 글도 발표하지 않아 궁금하던 차에 연락이 왔다. 자주 만나지는 못하지만, 내게 많은 걸 가르쳐주는 분이라 반갑게 전화를 받았다. 선배의 목소리가 예사롭지 않았다. 무거우면서도 세상을 다 산 사람처럼 지친 목소리였다. 전화를 끊고 선배네 동네로 달려 갔다. 선배는 파파 할머니가 되어 있었다. 꼿꼿하고 총기 발랄하던 분이 맞나, 싶었다. 칼국수를 나누어 먹으며 많은 이야기를 들었다.

"아들이 외국에서 공부할 때 만난 며느리에게 큰 병이 있는 걸 임신 중에 알았어요. 아이를 낳으면 며느리의 생명은 보장하지 못한다는 의사의 말에 온 가족이 충격을 받았지요. 당연히 며느리가 아이를 포기할 줄 알았고, 우리도 그렇게 하기를 권했지요. 하지만 며느리는 끝까지 새 생명을 포기하지 않다가… 그만…"

말을 하던 선배는 뜨거운 눈물을 흘렸다. 달리 할 말을 찾을 수 없어 따뜻한 물 한 잔을 건넨 뒤 기다려주었다. 봄볕에 고개를 내미는 연둣빛 이파리가 유난히 슬퍼 보였다.

"다행히 손주는 건강해서 지금 내가 키우고 있답니다. 육십이 넘어 아이를 키우려니 모든 게 어설프고 힘이 드네요. 게다가 아들도 깊은 상심에서 빠져나오지 못하고 있어요.

학교도 그만두고…. 아이가 나를 엄마처럼 생각하는 것 같아 최선을 다하고는 있지만, 엄마 없이 커갈 손주를 생각하면 늘 목에 가시가 걸려 있는 것 같고… 우울해요. 아들마저도 백수가 되어 폐인처럼 사니 더욱요. 내 인생이 이렇게 흘러갈 줄은 정말 몰랐어요."

그야말로 소설 같은 이야기였다. 누구에게나 고난과 역경은 있게 마련이지만, 그 선배만은 별일 없이 무난하게 끝까지 잘 살 줄 알았다. 나는 그때 자식이 결혼해서 독립하는 것도 중요하지만, 별 탈 없이 아이를 낳아 키우는 것도 복이라는 것을 새삼 깨달았다. '평범한 삶이 행복'이라는 말은 진리였다.

집에 와 선배에게 메신저로 〈아모르파티〉를 보내주었다. 아이를 키우며 기분이 가라앉거나 힘들 때 들어보시라고…. 며칠 후 선배가 전화로 한 말은 오랫동안 잊을 수 없을 것 같다.

"한때는 〈아모르파티〉 같은 대중음악을 듣는 사람들을 무시했어요. 고급스러운 노래가 아니라는 편견이 있었지요. 그런데 내 삶이 곤두박질치니 모든 게 새롭게 보이네요. 노랫말마다 힘이 느껴져서 좋아요. 감사해요, 신경 써줘서…."

그해 겨울, 선배에게 아들이 외국에 직장을 잡아 같이 나가게 되었다는 소식을 들은 뒤로는 감감무소식이다. 아무쪼록 선배가 운명처럼 맡게 된 손주를 키우며 건강하고 행복하기를 바란다.

누구에게나 신상의 변화는 예고 없이 올 수 있다. 어쩔 수 없이 손주를 맡아야 하는 경우도 마찬가지일 것이다. 선배의 일을 통해, 우리나라에도 조부모 육아가 생각보다 많다는 걸 알았다. 교통사고처럼 느닷없이 맡게 된 손주는 노년의 삶 전체를 흔들기도 한다. 아이를 본다는 건 건강함을 전제로 해야 하는데, 선배도 약한 체질이라 늘 한약을 달고 산다고 했다. 정신적인 부담이 크다는 것 또한 무시할 수 없다.

'어미 없이 자랐다고 손가락질받게 하지 않으려면 잘 키워야 하는데….'

'젊은 엄마들은 아이의 학습을 위해서 발 벗고 나설 텐데 내가 너무 몰라서 어쩌나….'

'손주 키우느라 나는 폭삭 늙겠네…. 이러다가 인생 끝나는 거 아냐?'

온갖 생각들이 너울지는 순간, 너무 힘들어 도망치고 싶었다는 말도 기억난다. 왜 아닐까. 말만 들어도 숨이 막힐 것 같은데 말이다. 그럼에도 손주를 위해 밤이면 헬스장에 나가 운동도 하고, 새로운 육아 정보를 얻기 위해 책을 읽기도 한다는 선배가 너무나 위대해 보였다. 그날, 나는 또 한 번 내게 주어진 상황에 감사하며, 자식을 위한 엄마의 바람은 계속되어야 한다는 걸 실감했다. 또한 결혼해 독립한 자식들이 아이를 낳고 잘 사는 것이 얼마나 귀하고 소중한 일인지도 느꼈다.

그 후로는 아민이를 볼 때마다, 지금 내 앞에 아민이가 존재한다는 것만으로도 무한 감사한 일이라는 생각을 한다. 남의 아픔을 통해 나의 일상이 얼마나 감사함으로 넘치는지 깨닫게 되어 죄송하지만….

2부
시끌벅적 노년 적응기

일도 하고 돈도 벌고
건강도 얻고

    강원도와 경기도의 경계선인 나의 고향 단월은 전기도 들어오지 않는 오지 중의 오지였다. 기차를 타려면 용문까지 나가야 하는데, 버스가 하루에 두 대밖에 없던 촌이라 기차는 중학교 때 처음 타봤다. 새 소리에 눈뜨고, 맹꽁이 울음소리를 자장가 삼아 잠들던 내게 자연은 삶 자체였다. 학교 가는 길에 냇가에서 나뭇잎에 물을 떠 마셔도 배탈 한 번 난 적이 없고, 비싼 과자 대신 오디며 산딸기를 따 먹고 놀았지만 부러울 게 없었다.

    그때는 가난했지만 모두 부자였다.

그때는 세상 물정에 어두웠지만 불편하지 않았다.

그때는 장난감 하나 없었지만 자연 전체가 놀이터였다.

나는 지금도 그때를 생각하면 무조건 행복하다. 그래서인지 지금도 단월의 친구들을 만나면 절로 힘이 난다. 세상에 부러울 게 없던 그 시절로 돌아가기 때문이다. 어린 시절 같은 환경에서 자란 친구들이기에 머리에 살구꽃이 피어난 나이가 되었어도 만나기만 하면 철부지가 된다. 깔깔거리고 웃다 보면, 나이도 잊고 세상 근심도 사라진다. 단월의 친구들과 만나면서 배우는 건 들풀 같은 끈기와 성실이다. 지금도 몸을 움직이며 일하는 친구들이 꽤 된다. 그럼에도 늘 밝고 긍정적이다. 열다섯 소녀의 얼굴에 주름 몇 줄 그어놓은 것처럼 건강하다. '노인'이라는 말은 한 20년쯤 뒤로 양보하고 사는 것 같달까. 그 친구들의 삶 속으로 들어가 보면 놀랍고 신기하다.

아직도 현장을 누비며 보험 설계사를 하는 친구가 있다. 그녀는 오랫동안 이 길을 개척해온 베테랑답게 여전히 실적이 좋다며 싱글벙글이다. 어느 날 그 친구가 상을 받았다

며 맛있는 장어구이를 사줬는데, 그것을 먹으며 미안하면서
도 흐뭇했다. 무리하지 않고, 돕고 싶은 마음으로 고객을 찾
는 게 영업 비밀이란다. 땀 흘려 번 돈으로 딸이 원하는 해
외 연수 과정도 밟게 해줄 수 있어 보람을 느낀다는 친구가
자랑스럽다.

한 친구는 장애우 돌보미를 하며 인생 3막을 멋지게 꾸려
가고 있다.

"난 노는 게 일하는 것보다 힘들더라. 좋다는 곳은 다 가보
고 맛집을 찾아 전국도 누볐지만, 남는 건 살밖에 없었어."

친구가 털어놓은 이야기는 한 편의 드라마 같았다. 젊었
을 때부터 안 해본 일이 없을 정도로 열정적으로 산 친구였
기에 노는 게 가장 힘들었다는 말이 이해가 갔다.

"우리 나이에는 식당 보조도 할 수 없다는 걸 알고는 좀
심란하더라. 그때 누군가 장애우 돌보미라는 직업이 있다는
걸 알려줬어. 구청에 나가 신청을 하면 간단한 교육을 받고
일할 수 있다니까 우선 끌리더라고…."

친구가 맡은 장애우는 초등학교에 다니는 중증 여자아이
였다. 말은 전혀 못하고 몸도 자유롭게 움직이지 못하는, 엄

청난 손길이 필요한 환자나 다름없는 상태였다. 그럼에도 친구는 그 아이를 늦둥이 딸처럼 사랑으로 보살폈다.

"돈을 벌기 위해서 이 일을 시작했다면 벌써 도망갔을 것 같아. 근데 아이를 처음 본 순간, 가슴이 먹먹해지면서 남 같지가 않더라. 만날수록 정이 가고 예쁜 거야. 전혀 불편하거나 힘들지 않은 걸 보면 천직인 것 같아."

아이가 하교하면서부터 저녁을 먹이는 것까지 도와주는 일을 하므로, 종일 시간을 투자하지 않아도 돼 더욱 매력적이라고 했다. 게다가 돌보미 비용은 나라에서 지급해주므로 마음이 놓인다고 한다. 장애우 부모에게 사례비를 받는 일이라면 부담스러워서 못 했을 텐데 말이다. 우리나라의 복지 정책이 얼마나 잘 되어 있는지 장애우를 직접 돌보면서 피부로 느끼는 것도 세상 공부란다.

"아이 엄마가 고맙다는 인사를 할 때… 큰 보람을 느끼지. 공짜로도 봉사하며 살 수 있는 건데, 하루에 몇 시간 투자하고 한 달 용돈을 두둑이 받는 거잖아. 무엇보다 몸을 움직이다 보니 더 건강해지고 시간도 잘 가고… 좋은 점이 너무 많아."

친구의 얼굴을 보니 정말 뿌듯해 보였다. 일하면서 돈도 벌고 시간도 잘 가고 건강해졌다니, 그야말로 일석삼조 아닌가. 모르는 사람들은 나이 들어서 험한 일을 한다며 안쓰러워하지만, 실제로는 즐기며 일한다는 친구의 마음가짐이 부럽고 좋았다.

언젠가 나도 친구가 돌보는 여자아이를 만난 적이 있다. 친구와 함께 그 아이를 데리고 양재천을 걸었다. 어설픈 발걸음이지만, 흐드러지게 핀 봄꽃을 보며 걷는 모습이 건강한 아이 못지않게 밝고 예뻤다. 그 아이를 바라보는 친구의 눈길에 연민을 넘어 애정이 듬뿍 담겨 있어 놀라웠다. 진심으로 아이를 사랑하며 돌본다는 것이 확연히 느껴졌다.

"건강이 허락하는 한, 난 저 아이를 돌보고 싶어. 말은 안 통해도 우린 서로 참 많이 좋아하거든."

친구의 진심 어린 고백이 지금도 귓가에 생생하다.

또 한 친구는 요양보호사다. 나 역시 친정엄마가 살아 계실 때, 요양보호사 아주머니의 도움을 많이 받은 터라 친구의 일에 관심이 많았다. 친구는 심심해서 시작한 일이 직업이 될 줄은 몰랐다고 한다.

"장사하던 남편이 가게 문을 닫고 집에서 뒹굴거리는

데… 힘들더라고. 삼시 세끼 차리는 것도 솔직히 부담되고. 마침 동네 아주머니가 요양보호사로 일하는데 괜찮다며 권하더라고. 학원에 다니며 공부해서 요양보호사 자격증을 땄어. 자격증을 따니까 오라는 데는 수없이 많더라. 오후에 할머니 돌보는 일을 자원해서 하는데, 힘들지 않고 보람도 있어. 무엇보다 우리 엄마에게 못해드린 것까지 할머니에게 해드리자는 마음으로 일하니까 좋더라. 가끔 내가 만든 반찬을 갖다 드리면 너무 좋아하셔. 자식들도 나만 보면 고맙다며 깍듯이 대하고…."

그 친구도 집에 있을 때보다 훨씬 역동적이고 활기차 보여서 다행이었다. 우리 나이대의 주부들은 퇴직한 남편과 종일 시간을 보내는 경우가 많다. 처음에는 그런대로 괜찮지만, 시간이 지날수록 불편하다. 그건 평생 일하느라 노는 것에 익숙하지 않은 남편들도 마찬가지다. 둘 중에 하나는 밖으로 나가는 일을 택해야 한다.

아쉽게도 이 사회에서 은퇴한 남자가 할 일은 그리 많지 않다. 전문직으로 살아온 사람이든 그렇지 않든 마찬가지다. 경비 일을 하려면 자격증 시험을 보아야 하고, 그 또한 일자리 구하기는 쉽지 않다. 은퇴는 했지만, 여전히 젊은 할아버지들이 많기 때문이다. 그들이 갈 수 있는 곳은 종묘 공원이나 등산밖에 없다는 것이 안타까울 뿐이다. 늘 사회문제로 거론은 되지만, 뾰족한 대책은 없다. 개인의 능력에 맡기는 수밖에.

반면, 여자들은 다르다. 일할 마음과 건강만 있으면 무슨 일이든 할 수 있다. 그래서 육십이 넘은 여자들이 경제활동을 위해 밖으로 나오는 경우가 많은 것 같다. 요양보호사 친구도 하는 말은 같았다.

"이 일은 힘들다고 생각하면 단 한 시간도 할 수 없어. 내 어머니 돌보면서 용돈이라도 번다고 생각하면, 시간도 잘 가고 의미도 있어. 무엇보다 시간에 얽매이는 일이 아니고, 내가 선택한 할머니, 할아버지를 돌보는 일이니까 그리 어렵지 않아서 좋아."

친정엄마를 지극정성으로 돌봐주던 요양보호사 아주머니가 생각나, 친구에게 고맙다는 말을 전했다. 친정엄마가 살아 계실 때, 제대로 모시지 못한 죄책감에 목젖이 아팠다. 병들고 외로운 노인들의 말벗이 되어주고, 씻겨주고 먹여주는 일을 하는 친구가 정말 멋졌다. 부디 자신의 건강도 챙기면서 일했으면 좋겠다. 무리하면 금방 표시가 나는 게 나이 든

몸이므로 방심은 금물이다.

　주위를 살펴보니 내 친구들만 인생 3막을 건강하게 사는 건 아니었다. 내가 10년째 나가고 있는 탈북 청소년을 위한 하늘꿈학교에는 육아 문제 때문에 고민하는 선생님이 참 많다. 맞벌이하면서 아이는 낳았지만, 시댁이나 친정에 아이를 돌봐줄 어른이 없으면 전전긍긍하게 된다. 그럴 때면 남의 일처럼 느껴지지 않아 나라도 돌봐주고 싶은 심정이 들 때가 한두 번이 아니었다.

　사려 깊고 능력 있는 강윤희 선생님의 경우도 마찬가지였다. 육아 휴직을 마치고 학교에 나오려니 아이 때문에 고민이 되었다고 한다. 그러던 차에 아이 돌보미 아주머니 한 분을 소개받았다고 했다. 천하보다 귀한 내 아이를 낯선 분에게 맡기는 것이 못내 아쉬웠지만, 어쩔 수 없는 선택이었다. 시간이 꽤 지난 후, 학교 점심시간에 강 선생님과 밥을 먹게 되었다.

　"선생님. 아이 떼어놓고 나오느라 힘들죠?"

　나는 아민이 엄마 생각이 나서 넌지시 물었다. 말하고 나니 갓 난 아민이를 돌보며 출근하느라 종종거렸을 며느리에게 미안했다.

"아, 심성이 곱고 좋으신 아주머니를 만나게 되었어요. 자기 자식들 다 키워놓고, 일을 찾던 중에 아이 돌보미를 하게 되었다고 하시더라고요. 우리 아이를 너무 예뻐해주세요. 저보다 육아에 대해 더 잘 아시고요. 본인의 손주처럼 사랑으로 돌봐주셔서 마음이 놓여요. 저도 친정엄마나 시어머니보다 더 편하고요. 몸과 마음이 건강하신 분이어서 더욱 좋아요."

선생님이 활짝 웃으시며 말하는 걸 보니 기분이 좋았다.

"우리 아이를 잘 돌봐주시니까… 고정적으로 드리는 돈 말고도, 선물도 해드리고 맛있는 음식도 대접해드리고 있어요. 가족처럼 지내다 보니, 저도 학교에 와 일도 더 잘하게 되고…. 여러모로 좋아요."

강 선생님의 말을 듣고 많은 생각이 들었다. 보지는 못했지만, 아이 돌보미로 일하시는 아주머니가 자랑스럽고 고마웠다.

'나이 들어서까지 남의 아이를 돌볼 정도로 힘든 삶을 사는 여자'

'자식들에게 돌봄을 받지 못하는 불쌍한 삶'

'자기 몸 하나도 간수하기 힘든 나이에 종종거리며 애를 돌봐야 하는 고단한 인생'

나이 들어 일하는 여성을 보면서 이런 생각을 하는 사람들이 꽤 있을 것이다. 우리 사회에 만연한 고정관념이기도 하다. 이제 세상은 변했고, 변해야 함이 마땅하다. 단월의 친구들이 일하며 건강한 삶을 살아가는 모습을 보며, 누가 연민의 시선으로 돌을 던질 것인가! 응원의 박수를 보내는 이들이 더 많을 것이다. 육아 문제 때문에 힘들어하던 강 선생님의 아이를 돌봐주는 아이 돌보미가 불쌍한 노인으로만 보일까? 그렇지 않다. 이 시대에 진정으로 필요한 사람이며 직업이라는 사실을 누구나 인정할 것이다.

젊었을 때는 나이 들면 통장의 돈으로 즐기며 사는 것이 최고로 잘 사는 삶이라고 생각했다. 나이 든 지금도 장애우 돌보미를 하며 사는 것이 무척 보람된 일이라는 것을 모르는 사람이 꽤 많을 것이다. 우아하게 멋진 음식점 순례를 하고 해외여행을 밥 먹듯 하며 사는 노년이 성공한 인생의 증거라고 생각할 수도 있다. 모든 건 생각하기 나름이고, 가치관에 따라 다를 것이다.

나는 단월에서 자란 친구들이 살아가는 인생 3막의 모습에 박수를 보낸다. 건강한 흙냄새가 나는 삶이기 때문이다. 나이는 들었지만, 일할 때는 열심히 하고, 놀 때는 신나게 노는 삶! 멋지다. 남의 시선을 의식해서가 아니라, 자신이 원해서 나선 길이기에 더욱 의미 있는 일이 아닐 수 없다. 친구들의 건강한 삶을 마주할 때마다, 내게 주어진 일을 더 사랑하고 열심히 하게 된다. 읽고 쓰고 가르치는 일 외에 할 줄 아는 것이 없는 내게 주어진 기회를 놓치지 않기 위해서다.

돈보다
친구

 난 어려서부터 독불장군이었다. 친구들에게 왕따를 당했
다기보다 자발적 고독을 택한 것이다. 타고난 기질일 수도
있지만 환경이 만든 성격이다. 여덟 살이 되던 해, 예쁘고 똑
똑한 여자에게 남편을 빼앗긴 엄마의 눈물을 보았다. 그때
부터 독한 아이가 되었던 것 같다. 엄마의 눈물을 닦아줄 손
수건이 되기 위해서는 강해져야 했다. 아버지의 그늘에서
벗어나기 위해 중학교를 졸업하면서 집을 나왔다. 어린 나
이에 장학금으로 공부할 수 있다는 사실을 안 건 다행이었
다. 장학금을 받기 위해 열심히 공부했다. 아버지의 무심함
에 쫓기듯 집을 나온 엄마와 함께한 삶이었기에, 불행해하

거나 기죽지 않았다. 엄마는 딸인 내가 당신처럼 살지 않기를 바라셨다. 당신은 고생하면서도 나는 공부에 몰입할 수 있도록 뒷바라지를 해주셨다.

내 힘으로 내 실력으로 살아갈 세상을 향해, 이를 악물고 달렸다. 삶의 길목마다 손을 내밀어주는 고마운 분들이 많았다. 자존심을 굽히지 않아도 될 만큼의 행운이 내 편이 되어준 점 또한 감사한 일이다.

하지만 앞만 보고 달렸기에 친구도, 애인도 없이 청춘의 강을 건너왔다. 지금 생각하면 늘 어두웠으며 땅만 보고 걸었던 것 같다. 모두가 경쟁자였고 나와는 다른 삶이라 생각했기에, 동창의 이름조차 기억하지 못했다. 그들의 이름을 애써 기억할 겨를이 없을 만큼 할 일이 많았다. 유일한 친구는 책이었다. 책은 나를 배반하지 않았으며, 나를 다양한 세상으로 안내했다. 책을 통해 얻은 얇은 자존감을 키우기에 충분했다.

결혼 후에도 치열한 삶은 계속되었다. 내 편이 되어주겠다는 한 사람을 믿고 철없이 뛰어든 세상이었다. 그 사람의 아이를 낳아 엄마가 되었으나 늘 흔들렸다. 우리 엄마처럼 버림받은 삶이 되지 않으려면 남달라야 한다는 강박관념에 시달렸다. 다행히 남편은 내 상처를 치료해주는 연고가 되어주었다. 시도 때도 없이 가슴에 불던 바람이 조금씩 잠잠해졌다. 남편의 신뢰와 믿음이 돌덩이 같던 나를 변화시켰다. 사람을 믿게 되었고, 타인에게 너그러운 마음을 갖게 되었다. 폐허와 같은 내게 "엄마"라고 불러주는 두 아이가 있었기에 행복이 무엇인지 알게 되었다.

진정 홀로 설 힘이 내 안에 생겼다. '여자는 약하지만 엄마는 강하다'는 말에 백번 수긍했다. 나는 점점 더 강해졌고, 검은 그림자 속에 감추어졌던 '나는 나'라는 견고한 힘이 싹트기 시작했다. 어디를 가도 내겐 든든한 울타리가 있다는 믿음이 있었기에 당당했다.

두 아이가 걸음마를 시작하면서 방송국에서 구성작가를 하게 되었다. 직업의 속성상 다양한 사람을 만났다. 연예인, 사건 사고의 주인공, 작가 등 이름 석 자만 들어도 알 만한 사람들을 만나 밥도 먹고, 차도 마시며 세상과 섞이기 시작했다. 내 안에서 우울의 그늘이 벗어지며 깔깔대며 웃는 시간이 늘어갔다. 나는 비로소 친구를 사귈 생각을 했다.

되돌아보니, 내게는 친구가 단 한 명도 없었다. 뼈저리게 아팠다. 그때부터 마음에 드는 사람이 나타나면 무조건 먼저 손을 내밀었다. 가슴을 열고 정성 들여 선물을 준비하고, 시간을 쏟아부었다. 진실로 사랑함을 표현하고 고백했다. 가만히 앉아 사랑을 받으려 애쓰는 것보다 주는 사랑이 더 기뻤다.

사회생활을 하며 만난 사람들과 좋은 관계를 유지할 수 있는 건, 행운이 아닐 수 없다. 사교적이지 않던 성격을 바꾸려 부단히 노력한 결과랄까. 방송 일을 하며 만나 지금까지 꾸준히 이어오고 있는 관계도 많다. 세월이 지날수록 우정이 깊어짐을 느낄 때마다 스스로가 대견하다. 평생 마음의 문을 닫고 살았더라면, 관계가 주는 행복의 기회를 놓쳤을 것이 뻔하므로.

결혼 후에 만난 독특한 관계도 있다. 남편 친구의 아내들과 통하게 된 것이다. 남편들은 동숭동 토박이인데 하는 일도 다르고 지금은 각기 다른 동네에서 산다. 비슷한 시기에 결혼을 해 아들 둘을 낳은 것도 같고, 아내들의 연령대도 고만고만했다. 그래서인지 만나면 잘 통했다. 공교롭게도 홀시어머니에 외며느리라는 상황도 같아 할 말이 차고 넘쳤다. 남편들을 빼고 아내들만 만날 때가 더 많았다. 여자 셋이 만나 인생살이에 대한 수다를 늘어놓다 보면, 억울하고 화나던 일도 금세 하하 웃고 마는 에피소드가 될 때가 많았다. 아이들이 커가면서 질풍노도의 강도 함께 건너고, 자식들의 결혼식도 거의 비슷한 시기에 치렀다. 인생의 대소사를 치르면서도 많은 위로와 힘을 얻었다. 먼저 경험한 것을 아낌없이 나눠주는 게 얼마나 큰 힘인지 알게 되었다. 그 친구들과는 지금도 만나면 여전히 즐겁다. 똑같이 시어머니가 되었기에 옛날에 시집살이하던 이야기를 하며 웃을 때면 격세지감을 느낀다.

"우리처럼 시집살이하면 지금 며느리들은 다 도망갈 거야. 난 아들이 혼자 살까 봐 두려워서 시집살이는 못 시키겠던데… 우리 시어머니들은 뭘 믿고 그렇게 홀대했을까? 호홋…."

웃자고 하는 말이지만 시대를 반영한 말이다. 결혼해서 만난 인연이지만, 남편 그리고 자식과 연결된 만남이라 언제 만나도 유쾌하고 가족 같다. 우리는 죽음도 거의 비슷한 시기에 맞을 것 같다.

"우리 늙으면 양평쯤에 공동 주택 짓고 살자."

이 말이 그냥 흘려버리는 말만은 아니라는 것쯤은 다 안다. 마음은 모두 원하지만, 현실이 어찌 될지 모를 뿐이다. 엄마가 되면서 까칠했던 나를 버리고 얻은 선물이라 소중하다. 아들의 아들을 자랑하는 모습까지 꼭 닮은 여자 셋의 우정은 곰삭은 김치맛이다.

30대 중반쯤의 일이다. 방송 일이 즐거웠지만, 날아가는 글이 아닌 소설을 쓰고 싶었다. 유명 출판사에서 운영하는 문학교실에 갔다. 모두가 문학을 꿈꾸는 청년 같은 마음으로 모인지라 풋보리 냄새가 났다. 거기서 마음이 통하는 친구를 만나게 되었다. '여자의 우정은 섹스 없는 연애'라는 말이 절로 이해되었다. 문학이라는 테두리 안에서 만난 사이라 주는 기쁨과 받는 행복을 고루 누렸다. 책도 같이 읽고, 장편소설도 쓰고, 여행도 자주 갔다. 진작 이런 시간을 갖지 못한 것이 아쉽게 느껴질 정도로 가깝게 지냈다. 무슨 말을 해도 통할 뿐 아니라, 둘 중 누군가가 아프면 함께 몸이 아플 정도였다.

지금 그 친구는 아들 때문에 어쩔 수 없이 미국에 가 살고 있다. 그러나 우린 지금도 매일 메신저로 안부를 묻고 일상을 나눈다. 내가 살인자라는 누명을 쓰고 쫓긴다 해도 이 친구만은 내 편이 되어줄 거란 확신이 있다. 나 또한 그렇다.

문학 공부를 하면서 만난 친구 중에는 비평을 잘하는 친구 같은 후배를 빼놓을 수 없다. 그녀는 나보다 아홉 살이나 어린데 이름도 나와 같고 쾌활한 성격이라, 친구처럼 느껴질 때가 많다. 소설에 대한 열정이 누구보다 강했지만, 쓰는 것보다는 남의 작품을 읽고 비평하는 데 더 뛰어났다. 결국 그녀는 문학판을 떠나 거대한 꿈을 안고 남편이 하는 사업에 올인했다. 남편이 해외 유학을 하며 갈고닦은 실력으로 만든 의료 기기의 특허를 받는 데서부터 제품을 만들어 전 세계에 보급하기까지, 후배의 힘이 컸다. 상장 회사로 키우기까지의 이야기를 듣다 보면, 절로 고개가 숙여진다.

"문학에서 배운 것을 사업하며 만난 사람들에게 적용할 때가 많아. 이번에 우리 회사가 상장될 수 있었던 것도 그 힘이 컸어. 소설이 '에둘러 말하기'잖아. 사업도 그렇거든. 내 입으로 물건을 사달라고 말하면 고수가 못 돼. 상대방이 먼저 우리 제품을 사고 싶게 만들어야지. 언니가 교과서에 나오는 작품을 쓸 동안… 난 죽어라 회사를 키웠지. 그래도 언니처럼 성실하게 글을 쓰는 작가가 부러워."

얼마 전에 만났을 때, 친구 같은 후배가 한 말이다. 후배는 내 책이 나올 때마다 적극적으로 홍보도 해주고 많이 사서 주위에 선물로 주기도 하며, 우정을 과시한다. 나를 위해 무언가를 베풀어주는 후배에게 고마운 마음도 물론 크지만, 그에 앞서 그녀의 열정과 적극적인 도전 정신을 배우고 싶다. 친구는 스승처럼 배울 수 있는 존재일 때 더욱 빛나는 게 아닐까. 언제 어디서나 자랑할 수 있는 친구가 곁에 있다는 건 축복이다. 나도 그런 존재이고 싶다는 마음과 함께.

나이가 들수록 주위 사람들에게 관심을 쏟게 되었다. 그러자 지금까지 돌 틈에 끼어 보이지 않던 민들레 같은 친구들이 새롭게 보이기 시작했다. 어려서부터 함께 자라온 고향 친구들이 바로 그 주인공이다. 오랜 세월 서로 얼굴조차 보지 않고 살아왔지만, 어느 날 만나 보니 그대로였다. 친구들의 모습은 다르면서도 같았다. 각자 사연은 다르지만 모두 거친 세월의 강을 건너오느라 힘들고 지쳐 있었다. 그럼에도 고향의 풋풋한 냄새를 그대로 간직한 친구들이 너무나 좋았다.

그때부터 친구들을 만나는 시간에 정성과 공을 들였다. 만날수록 새록새록 정이 들고, 어린 시절 이야기에 시간 가는 줄 몰랐다. 아낌없이 주고받으며 많이 웃고 울었다. 서로의 경조사를 함께하게 되고, 여행길에서 끝없는 이야깃주머니를 털어놓게 되었다. 지금은 고향 친구들이 있어 내 삶이 더욱 풍요롭다. 어릴 때 친구들은 나의 상처를 알기에, 무슨 말을 해도 다 이해해준다. 무엇보다 늘 같은 자리에 서서 내가 작가로 성공하길 빌어주는 고마운 벗들이다.

그러나 세상에서 만난 사람들은 경쟁자이자, 이기적인 관계일 때가 많다. 나의 실패를 앞에서는 위로하면서도 돌아서서는 기회로 삼는 사람도 보았고, 나의 눈물을 자기 위안으로 삼는 사람도 만났다. 어떤 이유로든 목적을 갖고 접근했다가 얻을 게 없다 싶었는지, 차갑게 등 돌리는 경우도 있었다. 서럽고 아픈 관계이자 만남이었다. 그런 사람들은 만날수록 허허로웠다.

필요에 의해 만날 수밖에 없었던 사람들은 어떤 경로를 통해서도 만나게 되지만, 때가 되면 남이 되고 마는 관계다. 사람에게 실망하거나 상처를 받을 때마다 소태처럼 입맛이 썼다. 차라리 냉혈한으로 살던 때가 더 낫다 싶을 때도 있었다.

사람에게 상처를 받으면서 느낀 게 있다면, 지금까지 내 곁에 있어준 사람들을 더욱 소중히 여기고 챙겨야겠다는 점이다. 그들이 유명하거나 성공하지 못했을지라도, 소소한 삶을 잘 꾸려가는 것 자체가 아름답고 소중하다. 그들 속에서는 참기름처럼 고소한 삶의 냄새가 난다. 나는 그들이 사랑스럽고 좋다. 더 바랄 것이 없을 만큼 내 주위에 좋은 사람들이 많음에 감사하다. 지금보다 조금 더 나이가 들어 파파 할머니가 될 때까지 친구들이 함께 건강했으면 좋겠다. 언제든 불러내 냉면 한 그릇을 앞에 놓고 종일 수다를 떨 수 있게 말이다.

친구와 함께 가는 병원이라면 가시밭길이 아니라, 꽃길이라 여길 수 있을 것 같다. 이제는 가끔 만나 산책도 하고, 눈물이 날 정도로 재밌는 영화도 같이 볼 친구가 필요하다. 나는 오늘도 '친구 통장'을 튼실하게 만들기 위해 애쓴다. 좋은 친구는 내가 들인 시간과 정성에 비례한다는 것을 알기 때문이다.

100세 시대를 멋지게 살고 계신 김형석 교수님이 "내 무덤에 와 울어줄 친구가 있는 사람은 진짜 행복한 사람이다"
라고 말씀하신 것처럼, 나 또한 지금 만나고 있는 친구들과
그런 관계이고 싶다.

두 아이를
다시 키운다면

두 아이를 키우며 같은 배 속에서 나온 형제인데 어쩌면 저리도 다를까, 싶을 때가 많았다. 큰아이는 조립을 한다거나 레고 등으로 무언가 만드는 걸 좋아했고, 작은아이는 가만히 앉아 있는 것보다는 놀이터에 나가 뛰어노는 걸 좋아했다. 그럼에도 나는 둘 다 똑같은 장난감으로 한자리에서 놀기를 강요했다. 그래야 내 일을 하며 아이들을 볼 수 있기 때문이었다. 먹는 것도 마찬가지고 옷 입는 것도 그랬다. 훗날 생각해보니, 나의 육아는 아이들 위주가 아니라, 내가 편한 방법을 택했던 것 같다. 결과적으로 두 아이 모두 불편해했다. 아이들에게 즐거움을 주지 못한 것이다.

자식은 엄마를 기다려주지 않았다. 내가 워킹맘으로 힘들어 끙끙대는 사이, 폭풍처럼 자란 두 아이는 파랑새가 되어 이미 내 곁을 떠났다. 특히 둘째는 중학교 3학년이 되면서부터 해외에 나가 공부했기에 일찍 독립시킨 편이다. 시간이 지남에 따라, 엄마로서 미숙했던 점이 보이기 시작했고 후회가 되었지만, 이미 지나간 버스였다.

손주가 자라는 모습을 지켜보며, 이제라도 '두 아이를 다시 키운다면'이라는 화두로 내 생각을 남기고 싶었다. 누군가는 나의 후회를 반면교사로 삼을 수도 있지 않을까, 하는 마음으로.

우선 '엄마'에 대한 확실한 정체성을 갖는 게 중요하다. 사람은 언제 어디서나 '나는 누구인가?'에 대한 정체성을 찾는 것이 중요하다. 자신이 누구인지 아는 엄마는 아이의 정체성도 분명히 알고 키울 것이다. 간혹 젊은 엄마들이 아이 키우는 걸 보면, 막연한 생각으로 임하는 것 같다. 그런 면에서 자신이 생각하는 '엄마'에 대한 이미지를 적어보면 도움이 될 듯싶다.

· 자애로우면서도 현명한 엄마

· 주관을 갖고 아이를 키우는 엄마

· 자신이 행복해야 온 가족의 행복지수가 높다는 걸 아는
엄마

· 아이를 위해 헌신하되, 자신의 삶도 소중하게 가꿀 줄 아
는 엄마

· 가족 때문에 하고 싶은 일을 하지 못했다고 책임을 전가
하지 않는 엄마

이 정도로 엄마에 대한 그림을 품고 있다면, 분명 의식 있
고 좋은 엄마가 될 것이다. 나처럼 '나는 누구인가?'에 대한
답도 없이 엄마 노릇을 하느라 힘들었던 실수를 범하지 않
을 것이다. 누군가 내게 시간을 되돌려준다면 부드러우면서
도 단단한 엄마 역할을 할 수 있을 것 같다. 꿈같은 이야기
지만 말이다.

자존감이 높은 아이로 키우는 것 또한 엄마의 몫이다. 내
가 두 아이를 키울 때는 육아에 대한 책이 그리 많지 않았
다. 그러나 지금은 육아에 관한 책이 많다. 특히 '자존감이

높은 아이로 키우는 법' 등 구체적인 내용이 담긴 육아서가 많아 원하면 언제든 사서 읽을 수 있다.

자식을 키우며 아쉬운 것이 많아 그동안 꽤 많은 책을 사 읽으며 나름대로 정리해보았다.

자존심과 자존감은 엄연히 다르다. 자존심은 타인이 나를 평가하는 것이고, 자존감은 스스로 자신을 높이 평가하는 것이다.

자존감은 '자신을 어떻게 평가하는가?'에 대한 레벨을 의미한다. 자존감에는 세 가지 기본 축이 있다. 자기 효능감, 자기 조절감, 자기 안전감이다. 자기 효능감은 자신이 얼마나 쓸모 있는 사람인지 느끼는 것을 말한다. 우리 사회는 자신이 원하는 일을 한다거나 좋은 직장을 다니면 자기 효능감이 높다는 인식이 있다. 자기 조절감은 자기 마음대로 하고 싶은 본능을 의미한다. 서울에서 자라고 명문대를 나온 사람들이 자기 조절감이 높다고 생각하지만 착각이다. 유년 시절에 자연에서 맘껏 뛰어논 사람들의 자기 조절감이 훨씬 높다는 평가가 나왔다. 자기 안전감은 안전하고 편안함을 느끼는 능력을 말한다. 그리 내세울 게 없어 보이는데도 늘 밝고 행복하게 사는 사람들의 경우다. 진심으로 자신에 대한 자존감이 높기 때문에 가능한 일이다.

복잡한 것 같지만, 자존심과 자존감을 구별하는 방법은 의외로 간단하다. 자존감은 차곡차곡 받은 애정을 기초로 하는 것이므로, 유년 시절에 사랑을 듬뿍 받고 자란 사람은 자존감이 높을 수밖에 없다. 자존감이 높은 사람은 자신을 향해 사나운 발톱을 드러내며 달려드는 사람 앞에서도 즉각 반응을 보이는 것이 아니라, 집에 돌아와 일기를 쓰며 자신을 위로하며 달랠 줄 안다. 더불어 따스함을 전하기 위해 자기애라는 손수건을 늘 가슴에 간직하며 산다.

자존감이 높은 아이로 키우기 전에 엄마의 자존감이 우선 높아야 하는 건 필수 조건이다. 그런 면에서 다시 돌아갈 수만 있다면, 아동 심리라든가 청소년 상담 등에 관한 공부를 많이 할 것이다. 준비된 엄마는 모든 상황에 유연하게 대처할 수 있을 것이므로.

아이들 스스로에게 선택의 기회를 주는 엄마가 될 것이다. 좀 더 많은 여행의 기회를 아이들에게 주고 싶다. 인간은 자연 앞에서 많은 쉼과 위로를 받는다. 어릴 때부터 배낭 여행을 많이 해본 아이들은 독립적인 생활을 저절로 배우게 마련이다.

놀이로 배우고 익히며 즐기는 자리로 많이 안내할 것이다. 공부는 책상에 앉아서만 할 수 있는 것이 아니다. 엄마들은 이 사실을 알고 있긴 하지만 실천하기는 어렵다. 방법을 몰라 틀에 박힌 교육 상자 안에서 아이들을 키우는 것이다.

지금 우리 사회에는 다양한 교육 체험 프로그램으로 참가자를 모집하는 단체나 기관이 많다. 관심만 있으면 도서관이라든가 문화센터 혹은 방송국 등에 체험할 기회의 장이 널렸다. 그곳에 아이들을 풀어놓으면, 어항을 탈출한 물고기들처럼 신나게 자기 길을 찾아갈 것이다. 엄마는 아이들의 나침반 역할에만 충실하면 된다. 물가까지 데려가주는 역할이 중요하다는 것이다. 물을 마시는 것은 아이들의 몫이다.

남과 비교하지 않으며 끝까지 자식을 믿어줄 것이다. 인생의 불행은 가난이나 무지가 아니라, 남과 나를 비교하는 순간 찾아온다. 가난해도 늘 자연에서 뛰어놀았던 사람들은 자신을 비하하거나 학대하지 않는다. 알 수 없는 자신감으로 밝게 산다. 예전에는 모두가 가난한 시대를 살았기에 비교의 대상이 없었다. 하지만 요즘의 경쟁 사회 속에서 자란 아이들은 태어나는 순간부터 비교하고 비교당해왔기에, 늘 패배감에 젖어 산다.

나는 나로 충분히 행복할 권리가 있음을 어린 시절부터 몸소 보여주는 부모가 되고 싶다. 아들을 키우며 늘 저울질했던 지난날을 반성하며…. 내가 늘 주장했던 대로 나는 아이들을 끝까지 믿어주었나, 질문하게 될 때가 있다. 크게 보았을 때는 그렇다, 라고 답할 수 있다. 그러나 세세하게 들어가 보면, 나는 매 순간 아이들에게 따져 묻고는 했던 것 같다. 자기 길 찾기도 마찬가지다. 시행착오를 겪더라도 스스로가 원하는 길을 찾아야 할 텐데, 내가 먼저 가이드라인을 정한 뒤 은근히 따라오기를 바랐던 것은 아닌가, 싶다.

다시 내가 두 아이를 키운다면, 철저한 믿음으로 키울 것이다. 믿음은 신뢰에서 오는 것이기 때문이다. 엄마가 아이를 믿어줄 때, 아이들은 자생력이 생기는 법이다. 엄마의 조급함이 아이들의 모든 것을 가로막을 때가 많다는 것을 시간이 지난 후에 알게 되었다.

이 글을 적다 보니 다이아나 루먼스의 시 〈만일 내가 다시 아이를 키운다면〉이 떠올랐다. 아이의 자존심을 먼저 세워

주고 집은 나중에 세우겠다든가, 아이와 손가락 그림을 많이 그리고 손가락으로 하는 명령은 덜 하겠다든가, 시계에서 눈을 떼고 아이를 더 많이 보겠다든가, 더 많이 아는 데 관심을 갖지 않고 더 많이 관심 갖는 법을 배우겠다든가, 힘을 사랑하는 사람으로 보이지 않고 사랑의 힘을 가진 사람으로 보이겠다든가, 하는 구절들을 읽으며 내 마음을 대신 표현한 글이라는 생각이 들었다. 이 시는 나처럼 이미 육아가 끝난 사람보다는 초보 엄마 내지는 예비 엄마들이 읽어보면 도움이 될 듯싶다.

지는 노을을
함께 보는 사이

나는 늘 말해왔다. 내가 선택한 남자와 산다고. 그리고 그렇게 살았다. 그러나 사연이 깃든 아픈 인연이었다. 어릴 때부터 아버지를 부정하며 산 나는 남자에 대한 신뢰나 믿음이 없었다. 어쩌다 소개팅을 해도 지나가는 바람일 뿐이었다. 버림받을까 두려워 먼저 선을 긋는 나를 발견할 때가 많았다. 비겁한 줄 알면서도 어쩔 수 없었다. 그만큼 아버지에 대한 트라우마가 컸다.

그러나 사랑은 교통사고처럼 홀연히 찾아와 숙명이 된다는 것을 알았다. 아버지와는 다른 남자라는 판단 하나로, 결혼이라는 관문을 넘었다. 솔직히 아무것도 묻지 않았고, 따지지도 않았다. 아버지처럼 호탕하지 않으며, 허세도 없고, 보헤미안 기질이라고는 전혀 없는 성실 그 자체인 남자라 좋았다. 엄마가 흘렸던 눈물을 나는 흘리고 싶지 않았다. 성격, 취미, 지향하는 삶의 방향, 그 무엇 하나 맞는 것이 없는데도 우리는 그렇게 부부가 되었다.

결혼이라는 경계선을 넘고 나니 '아버지'보다 더 견고한 '시집살이'라는 거대한 성이 나를 기다리고 있었다. '홀어머니에 외아들'이라는 말의 뉘앙스조차 모르고 뛰어든 대가는 혹독했다. 시어머니는 법이자 심판관이었으며 무서운 감시자였다. 매일 지옥과 천국을 오가며 살았다. 가슴앓이를 하다 보니, 내면이 병들어갔다. 어느 날, 손이 떨리는가 싶더니 입이 돌아갔다. 두렵고 떨리는 마음으로 한동안 침을 맞으러 다니며 참 많이 울었다. 그때 마음먹었다. 한 많은 시어머니의 노예로 살면 그만이었다. 예전에 내가 무엇을 했든, 어떤 삶을 꿈꾸며 이 집안에 들어왔든 상관이 없었다.

사업을 하며 지방으로 출퇴근하던 남편은 새벽에나 들어왔다. 속내를 털어놓기는커녕 얼굴조차 못 볼 때가 많았다. 덜컥 두 아이를 낳고 나니, 더 정신이 없었다. 선택권 없이 태어난 내 아이에게는 나처럼 부모 때문에 평생 그늘을 안

고 살아가게 하고 싶지 않았다. 그때부터 두 아이의 엄마로
만 살기로 작정했다. 그러나 연년생인 아들 둘이 잠들고 나
면, 허허롭고 막막했다. 낡은 일기장을 꺼내 미친 듯 글을 써
내려갔다. 일기장은 분노와 울분을 다 받아준 비밀 창고이
자 상담자였다.

 남편은 내가 입이 돌아갈 정도로 힘들어해도 별 대책이
없었다. 그저 효심 깊은 아들이자 좋은 남편이었다. 심성이
착한 사람이기에 두 여자 사이에서 누구의 편도 들지 못하
며 전전긍긍했다. 남편이 나날이 말라가는 모습을 지켜보는
것 또한 힘들었다. 행복하기 위해 한 지붕 아래로 모여든 삶
이 점점 불행의 늪으로 빠져들고 있었다. 또 다른 결단이 필
요했다.
 '훗날, 시어머니 때문에 내 인생이 망가졌다는 말은 하지
말자. 그건 나 자신에게 지는 게임이다.'
 시집오며 나만 참으면 온 집안이 편안할 거란 생각에, 돌
부처처럼 살기로 굳게 마음먹었었다. 그러다 아이들이 유아
원에 들어가면서 방송 일을 시작한 것이 삶의 전환점이 되
었다. 그때 일을 시작하지 않았다면, 나는 아마 평생 우울증

환자로 살았거나, 온전한 가정을 유지하지 못했을 것이다. 다음 날 일터에 나가서 해야 할 일이 있었기에, 시어머니의 어떤 잔소리도 삭힐 수 있었다. 일을 하면서도 참는 것이 보약이었다. 나는 물론 우리 가족 모두에게.

외아들인 남편은 얼마 전까지만 해도 라면조차 끓일 줄 몰랐다. 시어머니는 신혼 초부터 남자가 부엌에 들어가는 건 절대 안 된다고 못을 박았다. 내가 방송국으로 잡지사로 종종걸음을 쳐도, 집에 들어오면 밥상을 차려야만 했다. 뿐만 아니라, 새벽 방송이나 강연이 있어도 하루 치의 반찬과 음식은 꼭 준비해야만 했다. 그것도 새로 끓인 국이나 찌개에 짭조름히 맛있게 만든 밑반찬은 필수였다. 이 모든 것을 내일 방송 사고를 내지 않기 위해서 참고 견디며 해냈다. 바깥일을 한다는 이유로 살림을 소홀히 한다는 소리를 피하기 위해서였다. 나는 어떤 음식이든 척척 해낼 수 있을 만큼 베테랑 주부가 되었지만 고달픈 나날이었다. 대한민국에서 슈퍼우먼으로 산다는 건 눈물겨운 자기희생이 따라야만 가능한 일이었다.

어쩌면 힘든 상황이 나를 작가로 만들었는지도 모른다. 치열하지 않으면 나로 존재할 수 없다는 절박함이 쉬지 않고 달리게 했다. 느긋한 남편은 언제나 중간 입장이었다. 이해가 되면서도 화가 날 때가 많았다. 그때마다 나는 생각했다.

'그래. 당신이 힘 빠졌을 때 보자! 그때 가서 복수를 단단히 해줄 것이다!'

솔직히 사느라 바빠서, 애증을 가슴에 담고 살 새도 없었다. 다행히 남편은 어머니 문제 말고는 비교적 나를 많이 도와준 편이다. 운전을 못하는 나를 위해, 휴가를 내서라도 오지 강연에 동행해주고, 늦은 밤 집으로 돌아오기 애매한 곳까지 차를 몰고 와줄 때도 많았다. 특히 아이들을 키우며 교육이며 진로 등의 문제에 적극적으로 나서줬다. 작은아이가 질풍노도의 길을 걸을 때, 일찍이 해외 유학을 보낼 수 있었던 것도 남편과 내가 많은 의견을 공유한 덕이다.

남편이나 나나 서로 참 바빴다. 각자 돈벌이 외에 하는 일이 많았다. 나는 문학적인 일로 공부를 한다거나, 스터디 모임 등에 참여하는 일이 많았고, 남편은 사회봉사 모임에 적극적으로 참여했다. 바쁘다 보니 서로에 대한 기대가 없어서 좋았다. 아버지 때문에 생긴 트라우마도 많이 사라졌다.

힘겨웠지만 잘 살아왔다고 마음 깊이 느껴질 때가 있다.

두 아이의 결혼식 때와 아민이가 태어났을 때가 그랬다. 결혼식장에 나란히 앉아 아이들이 새 가정을 꾸리는 것을 볼 때는 감회가 깊었다.

'내가 만약 힘들다고 가정을 포기했더라면….'

이 생각이 절로 들었다. 인내하고 잘 견뎌온 우리 부부를 위해 박수를 보내고 싶었던 심정이랄까. 그건 누구나 마찬가지일 것이다.

또한 아민이가 태어났을 때, 내 삶의 모든 것이 채워진 느낌이라고 말하자, 평소에 말이 없던 남편도 고개를 주억거렸다. 그렇게 시작된 공감대는 아민이가 자라며 더 커졌다. 심지어는 아민이가 똥을 싸는 모습을 보면서도 기특하고 예뻐하는 것조차 같다. 가끔 아민이를 데리고 야외라도 나가면, 연애할 때처럼 설렌다.

"우리가 만나 이런 날이 올 줄은 정말 몰랐네."

이 말을 연습이나 한 것처럼 똑같이 한 적도 있다. 인연이 주는 힘이랄까. 서로 다른 남과 여가 부부로 만나, 손주까지 보면서 느끼는 정은 피보다 진했다. 손주가 태어나자 자식을 위해서라면 목숨이라도 내놓을 수 있을 것 같은 마음에 깊이와 넓이가 더해졌다.

얼마 전에 서해로 잠깐 바람을 쐬러 갔다 붉은 노을을 보게 되었다. 불현듯, 지금 우리의 삶이 노을을 닮았다는 생각이 들었다. 어느덧, 죽음이 가까운 노년의 삶에 발을 들여놓을 시간이 된 것 같아 만감이 교차했다.

그러면서 자기 사업을 해온 남편이 점차 일을 줄여가고 있다는 사실이 떠올랐다. 남편의 친구들 중에는 정년퇴직한 사람들이 많다. 특히 대기업이나 은행의 임원 등을 한 사람들은 퇴직한 지 꽤 오래되었다. 그들의 모습을 봐왔기에, 남편의 미래가 은근히 걱정되었다.

"앞으로 20년은 더 살아야 할 텐데… 자기도 노후 준비가 필요하지 않아? 난 바쁜데 자기는 할 일 없다고 놀아달라고 떼쓰면 곤란하잖아."

나는 그냥 지나가듯 농담처럼 말했다. 그러나 현실적인 문제였기에 속으로는 진지했다.

"걱정 마. 나도 할 일이 많으니까…. 노래 공부도 더 해야 하고, 봉사할 일도 많고…."

이렇게 큰소리는 치면서도 남편 또한 앞날이 걱정되는지 한숨을 내쉬었다.

"이제 위를 향해 달리기보다는 아래를 보며 살면 돼. 어깨에 힘 좀 줘봐. 젊었을 때 작지만 튼튼해서 '뽀빠이'라고 불렸다며…. 지금까지 열심히 살아왔잖아. 욕심부리지 않고, 아프지 않으면 노후는 걱정할 필요 없어. 우리 죽을 때까지 가끔은 바닷가에 나와 지는 노을을 보며 살자고."

나보다 다섯 살 위인 남편의 한숨이 마음에 걸려 말했다. 부부는 '측은지심'으로 산다는 말이 맞는다. 요즘은 평생 라면도 안 끓여본 남자가 어머니의 밥상을 챙기기 시작했다. 내가 늦게 들어온 날의 일이라 어쩔 수 없긴 했지만, 큰 변화임에 틀림없다. 다행이다, 싶으면서도 한편으로는 나이 들어가는 남자의 현주소를 보는 것 같아 짠했다.

그즈음, 남편과 텔레비전으로 〈인턴〉이라는 영화를 봤다. 나는 극장에서 보았지만, 함께 보면 좋겠다 싶었다.

지금은 칠십이 되어도 노인 같다는 생각이 별로 안 든다. 그럼에도 은퇴한 뒤로 별다른 일 없이 지내는 노인들이 너무 많다. 종묘 공원에 나와 있는 남자들처럼 모두 지루한 나날을 보내고 있다. 영화의 주인공 벤 휘태커 할아버지도 마찬가지다. 그는 몸도 건강하고 일에 대한 열정도 있지만 여전히 노인 취급을 받는다. 일자리가 없어 전전긍긍하던 중 인터넷 쇼핑몰에서 사람을 구한다는 광고를 보게 된다. 기회다 싶었다. 휘태커 할아버지는 깔끔하게 차려입고 인터뷰에 응하게 되고, 드디어 합격한다. 다시 회사에 나가게 된 휘태커 할아버지는 젊은이들 못지않게 의욕적으로 일한다. 깔끔하게 양복을 차려입고, 넥타이도 산뜻한 것으로 하고 출근하는 모습이 참 보기 좋다. 성과도 꽤 좋다. 회사에서 모든 사람들에게 주목을 받자 휘태커 할아버지는 더욱 의욕이 생긴다.

영화에는 주인공 할아버지 역할을 맡은 배우 로버트 드니로의 모습이 아주 멋지게 나온다. 그는 꼿꼿하고 당당해서 전혀 노인이라는 느낌이 들지 않을 만큼 매력적이다. 심지어는 섹시해 보이기조차 한다. 나이가 들어도 의욕적으로 일하는 사람이 멋지다는 것을 깨닫게 해주는 걸작이었다.

영화를 다 본 뒤, 남편에게 말했다.

"당신도 청바지 좀 입어봐. 다시 시작하는 마음으로. 자신을 위해 변화를 주는 것도 괜찮잖아. 영화의 주인공처럼."

내 말에 남편은 그냥 씨익 웃었다. 지금까지 정장만 고집하던 남편이 내가 골라준 청바지를 입는 날을 기대해본다. 청바지의 상징인 청년처럼, 남편 또한 인생 3막을 활기차게 개척해나갔으면 좋겠다.

붉은 노을이 아름다운 것은 그 너머의 어둠을 품었기 때
문이다. 부부의 삶 또한 마찬가지다. 쓰고 달고 맵고 짠 인생
의 강을 함께 지나온 사람들이기에 지는 노을 앞에서 서로
에 대해 감사하게 되는 것 아닐까.

이런 할머니로
남고 싶어

우리 집에는 꽤 많은 사진첩이 있다. 시간이 나면 기억하고 싶은 사진을 골라 액자에 꽂는 작업을 자주 한다. 집 안 곳곳에 액자를 걸어놓고 오가며 보는데, 늘 새롭다. 닳을 만큼 많이 본 사진임에도 위로와 쉼을 얻는다. 가족의 추억과 사랑이 담긴 사진첩을 보면 지친 영혼이 힘을 받아 다시금 꿈틀댄다.

어린 시절, 친구네 집에 가면 액자도 없이 누런 사진들을 벽에 덕지덕지 붙여놓은 것을 보며 부러워했다. 우리 집은 사진첩을 간직할 만큼의 여유도 없었을 뿐 아니라, 벽에 걸 만한 사진도 없었다.

유년 시절에 각인된 상처를 상쇄라도 하듯, 제일 좋은 액자에 사진들을 수시로 바꿔가며, 그때 그 시절을 회상하고 내면아이를 달랜다.

우리 집 사진첩에는 아민이의 사진이 가장 많다. 나는 아민이가 평생 지금처럼 귀엽고 사랑스러운 아이로 남아 있을 것만 같다. 아민이가 성장해서 소년이 되고 대학생이 되는 건 상상이 안 된다. 더군다나 아민이가 누군가를 사랑해 '결혼'이라는 관문으로 들어가는 것을 보게 될 거란 생각은 눈 곱만큼도 한 적이 없다. 지금 내 눈앞의 사랑스러운 존재, 아민이를 보는 것만으로도 감사하고 만족스럽기 때문이다.

어느 날, 햇볕 좋은 창가에서 작업을 하다 쉬고 있는데, 사진 한 장이 눈에 들어왔다. 큰아들인 아민이 아빠의 결혼사진이었다. 풋보리처럼 청아한 신부와 신랑의 미소 곁에 선 나와 남편의 긴장한 모습을 보자, 절로 웃음이 나왔다. 아직은 시아버지나 시어머니라는 소리를 들을 준비가 되어 있지 않은 나이에 맞은 결혼식이라 그랬던 것 같다. 그런데 유난히 눈에 띄는 분이 있었다. 나의 시어머니이자 큰아이의 할머니였다. 허리도 꼿꼿하고 의자에 앉아 있는 자태도 당당한 시어머니의 모습을 보는 순간, 온몸에 전율이 일었다.

'아, 저 때 첫 손주의 결혼식을 보는 어머니의 마음은 어떠셨을까? 평소처럼 전혀 감정을 드러내지 않으셨지만, 어머니도 장가가는 장손이 대견하셨을까?'

수많은 생각이 스쳐 지나갔다. 시어머니 나이대의 내 모습을 상상해보기도 했다. 내가 85세가 되면, 아민이는 서른살이 될 터이다. 그렇다면 나도 맏손주인 아민이의 결혼식을 볼 수 있다는 말인가? 설렘과 동시에 간절한 마음이 생겼다. 그때까지 건강했으면 하는 바람이 컸다.

아민이가 커가면서 아니 아민이가 먼 훗날 나를 기억할 모습을 생각하니, 잘 살아야겠다는 생각이 들었다. 잘 산다는 건 이 세상을 떠날 때 후회할 일을 남기지 않는 것 아닐까? 그 또한 준비가 필요하다는 생각이 절실하게 들었다.

어느새 나는 컴퓨터 앞에 앉아, '후회하지 않기 위해 해야할 일'을 적고 있었다.

첫째, 인색한 할머니는 되지 말아야겠다. 오랜 경험에 의하면, 돈이 많은 사람보다 돈이 없는 사람이 지갑을 잘 연다.

함께 식사를 하고 밥값을 먼저 내는 사람을 보면, 얻어먹을 때보다는 살 때 더 큰 기쁨을 누리는 것 같다. 나는 그런 분들이 사는 밥이라면 언제든 기쁜 마음으로 맛있게 먹는다. 대신 그런 분들에게 생필품이나 소소한 선물을 건넨다. 내가 누리는 최대치의 행복이다.

그렇다고 부자가 지갑을 열지 않는 것을 원망하는 건 아니다. 9900만 원이 든 통장을 가진 사람은 100만 원만 더 있으면 1억 원이 된다는 생각으로 산다. 어딜 가나 밥값을 척척 내는 사람을 보며 허세라고 생각한다. 아껴야만 돈이 모인다는 걸 누구보다 잘 알기 때문이다. 평생 쓰기보다는 모으는 데 심혈을 기울여온 사람은 낭비라는 걸 용납하지 않는다. 부자 또한 저절로 되는 건 아니다.

내 주변에도 돈 많은 할머니가 있다. 젊어서부터 투기에 시장에 나가 일수놀이까지 하며 악착같이 돈을 모았다. 자신의 빌딩에서 나오는 현금도 어마어마하다. 그 할머니는 통장에 들어온 돈은 절대 찾지 않았다. 심지어 명절에 손주들 세뱃돈조차 한 푼 주지 않던 수전노였다. 통장의 숫자가 불어나는 것을 보는 재미로 살았다. 자식이 사업을 하다 부도가 나자, 냉정하게 집 안 출입을 금하기까지 했다. 자신에게 손을 내밀지 못하도록 미리 차단한 것이다. 아들은 어려서부터 지독한 어머니 밑에서 자립심을 키운 덕에 스스로 다시 일어섰고, 손주들 역시 성공했다.

세월을 거스를 수 있는 사람은 없다. 수전노 할머니도 노환으로 죽음을 맞이했다. 오랫동안 알고 지낸 분이라 장례식장에 조문하러 갔다. 꽤 부자로 알려진 할머니의 빈소는 시베리아 벌판처럼 찬바람만 일렁였다. 육십이 넘은 아들은 물론 손주 모두 냉랭한 얼굴로 조문객을 받았다. 돌아가신 분에 대한 애도의 기미는 전혀 보이지 않았다. 수전노 할머니는 그토록 애지중지하던 돈을 한 푼도 쓰지 못한 채 죽음을 맞이한 것이다. 그 많은 재산을 남기고 간 할머니의 영정 앞에 선 손주들의 얼굴에는 감사함보다는 원망의 빛이 역력했다.

나는 그날 결심했다. 살아 있을 때 아낌없이 베풀며 살리라고. 내가 죽은 뒤, 아민이에게 진정으로 사랑이 많은 할머니였다는 고백을 듣고 싶다. 물질이든 마음이든 내가 먼저 아낌없이 줄 때, 내게 돌아오는 것도 있다.

둘째, 잔소리 대신 칭찬을 많이 해주는 할머니로 기억되고 싶다. 나는 아민이가 학교에 들어가는 순간 결심했다. 절대로 시험 점수나 학원 이야기 등은 하지 말자고…. 실제로 아민이와는 친구 이야기라든가 책 이야기를 많이 하는 편이다. 아민이에게 잔소리보다는 칭찬을 많이 하려 애쓴다. 어려서부터 낯을 많이 가리고, 약간 소극적이며 예민한 아민이에게는 자신감이 절대적으로 필요하다는 생각이 들었기 때문이다.

"아민이는 서두르지 않고 침착해서 실수를 잘 하지 않아 예쁘네."

"책도 소리 내 잘 읽고, 책의 의미도 잘 끄집어내는구나. 참 훌륭해."

"아민이는 눈, 코, 입 모두 너무 잘생겼어. 모든 사람이 좋아할 거야."

"할머니는 아민이를 믿어. 무엇이든 잘할 수 있다는 걸 말이야."

형식적인 말치레가 아닌 진심을 담아 칭찬해주면, 아민이의 눈빛이 바뀌는 걸 알 수 있다. 피곤해하던 아민이의 얼굴에 화색이 돌 때, 나 또한 진정으로 행복해진다.

잘못한 것도 무조건 칭찬해주라는 말이 아니다. 잘못한

것을 잘하길 바라는 마음으로 에둘러 말할 수 있는 기술이 필요하다는 말이다.

내가 준비되지 못한 엄마였을 때, 큰아이에게 실수를 많이 했다. 혹독한 시집살이를 하면서 받은 정신적인 스트레스를 극복하지 못하고, 아무것도 모르는 어린아이에게 화풀이를 많이 했다. 그때의 내 모습은 엄마가 아닌 환자 같았다. 그래서인지 큰아이는 우등생으로 무엇이든 잘하면서도 늘 의기소침했다. 소극적이고 자신감이 없어져가는 것을 보며, 얼마나 가슴이 아팠는지 모른다. 엄마가 믿고 지지해주지 않는데 아이가 전쟁터 같은 세상에 나가 당당할 수 있을까?

칭찬을 먹고 자란 아이는 남을 배려할 줄 알며, 자신에게도 너그러운 사람으로 자란다. 그것이야말로 자존감 높은 아이가 되는 길이리라. 이제 할머니라는 이유만으로 무조건 아이들을 질책하고 잔소리를 해도 되는 세상은 지나갔다. 오히려 할머니이기 때문에 더욱더 조심해야 하고, 어른다움을 실천하고 배려해야 한다. 손주의 육아를 담당하는 할머니라면 더욱 유념해야 할 덕목이 칭찬이다. 잔소리를 하고 싶을 때마다 3초만 참아보자. 그 순간 대체할 칭찬을 찾아보면 어떨까? 그러다 보면 점점 더 멋진 할머니로 변신하게 되지 않을까?

셋째, 좋은 할머니로 남기 위해 건강은 스스로 지킬 줄 아는 것도 중요하다. 아직은 건강한 편이다. 그러나 앞으로 내 건강이 나빠질지 몰라 두려울 때가 있다. 살이 찌는 체질이라 조금만 소홀하면 뚱보가 된다. 비만은 만병의 근원이라는 걸 알기에 방심할 수 없다.

뒤뚱거리며 걷는 모습, 앉았다 일어설 때마다 절로 나는 앓는 소리, 출렁이는 뱃살. 이 모든 것이 지금 내가 안고 있는 문제다. 그러면서도 몸에 안 좋은 음식을 즐긴다. 마음 깊은 곳에서 일어나는 죄의식을 무시하고, 순간의 즐거움을 좇는다. 이러다 병원행을 자주 해 내 아이들에게 근심의 그물을 뒤집어씌우게 되는 건 아닐까 두렵다. 특히 점점 더 할 일이 많아지는 아민이에게 할머니의 병문안을 가는 일이 짐이 되면 어쩌나.

찬물 세례를 받은 것처럼 정신이 번쩍 든다. 다시 시작하자. 운동과 식이요법을 말이다. 몸을 움직여 걷고 스트레칭을 하는 건 나를 위한 것일 뿐 아니라, 자식들의 근심거리를 덜어주는 것이다. 명심하자. 내 건강은 나만을 위한 것이 아니라, 가족의 평화를 위한 전제 조건이라는 것을. 아민이에게 끝까지 멋진 할머니로 남기 위해서라도 운동을 하리라, 오늘도 다짐한다.

넷째, 마지막으로 기도하는 할머니로 남고 싶다. '자식은 어머니 기도의 힘으로 자란다'는 말이 있다. 종교의 유무, 혹은 각기 기도의 대상은 달라도 어머니의 절절한 마음은 같을 것이다. 예전 우리네 어머니들이 장독대 위에 정한수를 떠놓고 빌던 모습도 마찬가지다.

어떤 이유에서든 손주를 맡게 되면 애끓는 기도를 드려야 할 때가 많다. 선물로 온 손주들은 유리그릇처럼 조심스럽게 대해야 할 때가 많다. 그렇기에 늘 기도할 수밖에 없다. 나도 아민이가 자라는 것을 지켜보며 애가 탈 때가 많았다. 무엇보다 아민이가 감기에 걸렸다거나 어딘가 몸이 안 좋다는 소식을 들으면 좌불안석이다. 같이 살지 않기에 더욱 애가 탄다. 할머니인 내가 해줄 수 있는 건 오직 기도밖에 없다. 기도한 다음 날 거짓말처럼 아민이의 열이 내리고, 밥 한 그릇을 다 먹었다는 소식을 들을 때의 기쁨이란. 세상 사람모두가 내 편인 것처럼 기쁘다.

나는 두 아이를 키우며 자식은 기도의 열매로 성장한다는 걸 몸소 겪었다. 큰아이가 대학에서 떨어져 실의에 빠져 있을 때, 그 아픔이 길어질까 두렵고 떨렸다. 작은아이가 사춘기의 강을 건너느라 성난 사자처럼 거리를 배회하는 모습을 보며 어미인 나의 마음은 천 길 낭떠러지로 떨어질 수밖에 없었다. 그럴 때마다 마음을 비우고 신께 간구했다. 저들에게 힘을 달라고, 두 손을 잡아달라고. 신은 아이를 향한 애끓는 어미의 기도를 외면하지 않았다. 큰아이가 아버지가 되는 순간에도 긴장감은 여전했다. 한 집안의 가장으로서 모든 것을 잘 이끌어갈지 걱정이 되어 간절해질 수밖에 없었다.

자식은 어머니의 기도를 끝없이 필요로 하는 존재다. 기쁜 일이든 힘든 일이든 나를 무릎 꿇게 한다. 자식의 일이라면 매 순간 신 앞에 절절할 수밖에 없다. 어머니의 기도는 죽는 그 순간까지 계속되어야만 한다.

언제부터인가 자식을 위한 기도는 손주를 위한 기도로 바뀌었다. 내 아이의 아이를 위해 눈 뜨는 순간 기도로 하루를 시작하고 잠들기 전 기도로 마무리한다. 손주를 위한 기도 속에 내 자식들의 안녕을 위한 간구 또한 더욱 간절해졌다.

손주에게 값진 선물을 사주는 건 순간의 기쁨이지만, 간절한 기도는 영원을 향한 저축이다. 기도는 엄밀히 말해 나 자신의 안정적인 마음과 위안을 구하는 무형의 보험일 수 있다. 돈 대신 더 귀한 걸 줄 수 있고 누릴 수 있는 특권이므로.

자식을 위한 기도가 마냥 절절했다면, 손주인 아민이를 위한 기도는 더 깊은 옹달샘에서 끌어올린 마음으로 드리는 간구다. 나는 간절함을 담아 직접 쓴 〈할머니의 기도〉를 책상 위에 붙여놓고 숨 쉬듯 기도한다.

사랑하는 아민이가
광야와 같은 세상에서도
쓰러지지 않는 풀뿌리처럼
강한 아이로 크게 하소서

경쟁에서 싸워 이기기보다는
친구의 안녕을 먼저 생각하는
아이가 되게 하소서

초원을 누비는 양 떼처럼

오늘이라는 시간을
소풍 나온 아이처럼 살게 하소서

자신이 정말 하고 싶고
가장 잘하는 일을 하며 사는
복된 인생이게 하소서

이 땅에 후회 없는 삶은 존재하지 않는다. 그러나 이렇게
조목조목 적어놓고 실천하다 보면, 후회의 폭이 조금은 줄
어들 것이다.

손주를
몰라보게 된다면

워낙 아민이 자랑을 많이 해서인지, 나는 주위에서 '아민이 바보 할머니'로 통한다. 아민이의 성장을 함께 기뻐해주는 의미라는 걸 알기에 들을 때마다 기쁘다.

얼마 전에 문학의 도반인 윤혜숙 작가님이 동화책 『피자 맛의 진수』(리틀씨앤톡, 2019)를 냈다. 마침 주말에 온 아민이에게 윤 작가님의 책을 보여주며 제목을 읽어보라고 했다.

"피자 맛의 진수!"

"책 재밌겠지? 아민이도 피자 좋아하잖아."

"책 속에 피자가 들었어요?"

아민이와 대화를 하다 보면, 창의적인 표현에 깜짝 놀랄 때가 있다. 제목만 보고 그 안에 피자가 들었을 거라 상상하는 게 얼마나 재밌는지.

"이 책은 할머니 친구 작가가 쓴 거야. 윤 작가님은 아민이가 자라는 것을 보기도 했어. 너 어릴 때 참 많이 예뻐해 주셨지. 그런데 이렇게 동화책을 쓰셨으니… 읽어보면 좋겠지?"

그동안 주위의 많은 작가들이 본인의 신간에 친필 사인을 해 아민이에게 건넸다. 아민이가 어릴 때는 아무리 설명해 줘도 몰랐지만 지금은 다르다. 책방에서 보던 책들에 작가가 직접 사인을 해서 주었다는 것에 대한 의미를 아는 것 같아 흐뭇할 때가 많다. 이렇게 나와 친한 작가의 책이 나왔을 때는 더욱 열성적으로 전하곤 한다.

『피자 맛의 진수』에 담긴 네 편의 단편 중 〈손자가 되는 법〉을 아민이와 같이 읽고 싶었다. 6학년 손자인 하늘이를 '성'이라 부르는 할아버지와의 에피소드를 그린 작품이다. 할아버지의 사랑을 누구보다 듬뿍 받고 자란 하늘이는 할아버지가 치매에 걸려 마음이 아프다. 할아버지는 사고로 먼저 돌아가신 '형'을 못 잊어 늘 낡은 사진을 보며 훌쩍거린다. 할아버지랑 같은 방을 쓰게 된 하늘이는 밤새 잠도 안 자고 형을 찾는 할아버지가 지겨워 사고를 치고 만다. 할아버지가 애지중지하는 낡은 사진을 오려버리면, 모든 일이 정리될 줄로 안 것이다.

그런데 웬걸? 할아버지는 형의 사진이 사라진 걸 알고, 무작정 거리로 나선다. 그제야 하늘이는 사진을 버린 일을 후회하며 할아버지를 찾아 나서고, 사진관 앞에서 낡은 사진을 발견한 할아버지를 찾게 된다. 하늘이가 할아버지를 끌어안고 죄송하다고 진심으로 사과하는 장면으로 이야기는 끝이 난다.

짧으면서도 많은 것을 생각하게 하는 동화여서인지, 아민이도 이야기를 유심히 들었다. 책을 덮은 뒤, 아민이의 얼굴을 보며 물었다.

"할머니 친구 작가님 동화 어땠어?"

"할아버지가 왜 울어요? 형이 죽어서요? 낡은 사진을 보면 눈물이 나나 봐요."

아민이는 아직 치매에 대해 잘 알지 못하기 때문에 다 이해하지는 못한 것 같았다.

"동화 속 할아버지처럼 나이를 먹다 보면 머릿속이 하얗게 비는 경우가 생긴대. 자기가 누군지 모르는 예도 있고…. 한마디로 할아버지가 '기억을 잃어버리는 병'에 걸린 거야."

"그럼… 할머니도 우는 병에 걸려요?"

앗, 아민이의 급작스러운 질문에 할 말을 잃었다. 그 자리에서는 다른 말로 슬쩍 넘겼지만, 아민이가 집으로 돌아가고 난 뒤에도 내 머릿속은 텅 비기도 하고, 어둠의 그늘이 내려와 살짝 앉기도 했다.

내가 치매에 걸리면 어떻게 될까? 아민이의 이름도 모르고 나이도 모른 채, 아민이를 오빠라고 부르게 되는 경우가 생기면 어쩌나 싶은 생각이 들면서, 언젠가 치매 증상을 보이는 엄마를 모시고 병원에 갔을 때 본 문구가 떠올랐다.

열심히 살 때는 세월이

총알 같다 하고, 화살 같다 하건만,

할 일 없이 쇠하니

세월 가지 않는다 한탄하더이다

정신 맑으면 무엇하리요

자식 많은들 무엇하리요

보고픔만 더 하더이다

차라리

정신 놓아버린 저 할머니처럼

세월이 가는지, 자식이 왔다 가는지,

애지중지하던 자식이 와도 몰라보시고

그리움도 사랑도

다 기억에서 지워버렸으니

그저 천진난만하게도 하루 세 끼 주는

밥과 간식만이 유일한 낙이더이다

(…)

치매로 정신을 망각함은

차라리 고통에서 벗어나는

유일한 방법인지도 모르겠습니다

(…)

우리 주위에는 치매에 걸린 어르신 때문에 온 가족이 병들어가는 경우가 많다. 나는 비교적 이른 나이에 그 무서운 현장을 목격했다.

마흔다섯쯤, 방송 일을 할 때였다. 수유리에 있는 수녀님이 운영하시는 '작은 요양원'이라는 곳에 취재차 갔다. 그곳에는 보호자가 없는 치매 어르신이 열 분 정도 있었다. 모두 할머니들이었는데, 은퇴하신 수녀님이 자기 친어머니처럼 모시는 것으로 유명했다. 나는 수녀님의 삶을 취재해서 방송도 하고, 잡지에 기고도 하기 위해 동행 취재에 나섰다. 온종일 수녀님을 쫓아다니며, 많은 할머니의 상태를 보고 기접하는 줄 알았다. 가정집 같은 분위기 속에서 먹이고 입히고 재우는 일을 하는 수녀님의 얼굴이 배꽃처럼 맑아서 힘든 일이 그리 많을 줄은 몰랐다.

기저귀의 똥을 만지작거리다 먹는 할머니를 말리는 수녀님의 이마에는 땀이 비처럼 쏟아져 내렸다. 화장실로 데리고 가 깨끗이 목욕을 시키고 나니, 방 안에 남아 있던 할머니들끼리 머리채를 잡아당기며 싸움을 하는데, 무서웠다. 눈에 광기마저 감도는 할머니들의 싸움은 전쟁이나 다름없었다. 그뿐인가. 어떤 할머니는 수녀님만 보면 욕을 하며 달려드는데, 내용이 기가 막혔다.

"너, 이년아. 내 돈 훔쳐 갔지? 내 가방에 있던 돈 네년이 가져가는 거 다 봤다고. 당장 내놔, 이 나쁜 년아!"

엉뚱하게도 수녀님을 도둑으로 몰며, 악다구니해댔다. 나는 놀랍고 기가 막혀 벌벌 떨릴 정도인데, 수녀님은 침착했다.

"저렇게 억지를 부려도 괜찮으세요?"

내가 진심으로 걱정이 되어 묻자 수녀님은 씩 웃으며 말했다.

"할머니의 본심이 아니라는 걸 아니까요. 여기 들어올 때만 해도 얌전하고 착한 할머니셨는데, 갑자기 정신이 안 좋아지면서 내게 도둑년이라고 욕을 하기 시작했어요. 처음에는 황당했지요. 그런데 병이라고 생각하니… 오히려 불쌍해 보일 뿐이에요."

정말 대단하다는 말밖에 할 말이 없었다. 종일 수녀님이 하는 일을 보다 나오며, 수녀님께 마지막 질문을 던졌다.

"가족도 없으신데… 왜 이렇게 힘든 일을 도맡아 하세요?"

그러자, 수녀님은 담담한 표정으로 말했다.

"나를 위해서 하는 일입니다. 저는 가족이 없습니다. 그런데 내가 치매에 걸리지 않으리란 보장은 누구도 못 하지요. 내가 치매가 걸려 정신줄을 놓게 되더라도… 누군가가 나를 대가 없이 도와줄 거라 믿습니다. 그 빚을 조금이나마 미리 갚으려고 시작한 일이에요."

40대였던 나는 이 말이 매우 충격적이었다. 일어나지도 않을 미래를 대비해 자선을 베푸는 수녀님의 말이 전부 이해되지는 않았다. 하지만 수녀님의 삶은 충분히 감동적이라 취재한 내용을 일간지에 기고했다. 그 기사를 보고 어느 기관에선가 수녀님에게 특별 봉사상을 주고 물질적으로도 꽤 많은 도움을 준 걸로 알고 있다. 나는 글 쓴 보람을 진하게 느끼면서도 수녀님의 애쓰던 모습은 잊을 수 없었다.

세월이 흘러 나 또한 머리에 살구꽃이 하얗게 피어났고, 깜박거리는 증상이 시도 때도 없이 나타났다. 곤혹스러울 만큼 사람의 이름이 가물거릴 때도 많았다. 그럴 때마다 수녀님의 둥지 안에 살던 할머니들의 모습이 떠올랐다.

아민이에게 치매에 걸린 할아버지 이야기를 읽어주면서 치매에 대한 대책이 필요하다는 생각이 더욱 강하게 들었다. 내친김에 치매의 증상을 찾아보았다. 치매는 정신이 나갔다는 뜻이다. 인지 기능이 저하됐음을 의미한다. 기억력이나 집중력, 언어 능력이 떨어지면서 사람이나 사물의 이름이 생각나지 않아 머뭇거리기도 한다는 내용을 읽고는 더욱 긴장되었다.

친정엄마가 살아 계실 때, 치매 전문병원에 모시고 가 치매 선별 검사인 MMSE를 하게 되었다. 담당 의사에게 나의 요즘 상태를 말씀드렸더니 검사를 받아볼 것을 권했다. 내친김에 검사를 받기로 했다. 어머니는 비교적 건강하신 편이고, 나는 아직 아무런 증상이 나타나지 않았다는 진단을 받았다. 나이 들어가면서 나타나는 자연스러운 현상이니 너무 걱정하지 말라는 의사의 말에 적잖이 위로가 되었다. 그러나 치매는 교통사고처럼 갑자기 찾아오는 불청객이다. 그렇기에 더욱 두렵고 걱정스러운 일이 아닐 수 없다. 치매도 예방이 우선이라니, 지금부터라도 신경을 쓰는 수밖에.

요즘은 주위에서도 노인성 치매를 앓는 어르신들을 많이 볼 수 있다. 그럴 때마다 정말 무섭다. 자신이 대변을 보는 줄도 모르고 앉아서 바지에 볼일을 보는 것을 보면, 인생무상을 넘어 두렵기조차 하다. 그들도 치매에 걸리고 싶어 그렇게 된 건 아닐 테니까.

그러나 걱정만으로는 어떤 것도 해결할 수 없다. 걱정 대신 치매 예방을 위한 나와의 약속을 정했다.

규칙적인 운동으로 뇌 활동에 탄력을 주고, 치매의 악화를 지연시켜주는 비타민B, 비타민E를 늘 신경 써서 먹어야겠다. 무엇보다 죽는 순간까지 함께할 친구들과의 관계에 신경을 쓸 것이다. 더불어 즐겁게 운동하고, 늘 긍정적인 생각으로 살다 보면 치매 예방은 절로 되지 않을까, 싶다.

제발 죽는 순간까지 아민이에게 추한 모습을 보이지 않았으면 좋겠다. 나의 마지막 로망이자 간구다.

나는 어디쯤에
서 있는 걸까

가끔 '자서전 쓰는 법'에 대한 강연 요청이 들어온다. 강연 때마다 자서전을 쓰기에 앞서 자신의 틀을 깨는 작업이 우선이라는 걸 강조한다. 고해성사 하듯 내 안의 모든 것을 끄집어내는 시간을 마련해보는 것이다. 우리 마음속에는 수백 개의 방이 존재한다. 서랍을 정리하듯 그 방문을 열고 들어가면 생각지도 못한 힐링의 순간을 맞게 되며, 글거리를 발견하기도 한다.

남편과 연애하던 시절의 사진을 보면 생각이 많아질 것 같다. 불같은 사랑으로 한눈에 반해 결혼한 사례도 있지만,

우여곡절 끝에 한 지붕 아래서 지내게 된 예도 있을 것이다. 한 장의 사진 속에는 수백 장의 원고지를 채울 만큼 많은 사연이 깃들어 있다. 과거의 어느 한 시점으로 돌아가 있는 동안은 아련하면서 쓸쓸할지도 모른다.

'그토록 사랑했던 사람과 평생을 같이 살게 됐는데 왜 빈 가슴만 안고 살아가야 하는 거지?', '내가 결혼한다는 소식을 듣고 힘들었을 그 사람은 지금 어떻게 살고 있을까?' 등 생각의 나래가 끝없이 펼쳐질 것이다. 흩어진 기억의 파편들을 모아 활자화시키는 작업은 넓고 깊은 의미를 얻는 시간임이 틀림없다.

무엇보다 자식을 낳아 키운 세월이 담긴 사진첩을 들여다보면, 글거리가 차고 넘친다. 자식은 나를 존재하게 하는 가장 큰 이유이자 내 삶을 지탱해준 버팀목 아닌가. 온 세상을 향해 자랑하고 싶었던 순간이 얼마나 많았는가. 물론 이것은 나만의 일이 아닌, 이 땅의 엄마라면 누구나 겪어봤을 일이다.

한글도 제대로 모르던 큰아이가 반장이 되어 임명장을 받아 온 일, 작은아이가 글짓기를 잘해 청와대에 가서 상을 받아 오던 일 등 두 아이가 나의 어깨에 힘을 실어준 일은 많았다. 그뿐인가. 두 아이가 내가 해준 음식을 맛있게 먹는 것만 봐도 자랑스러웠다. 지금 생각하면 큰 병을 앓지 않고 잘 자라준 것만도 놀라운 일이 아닐 수 없다.

내 몸을 던져서라도 아이를 구하고 싶었던 절박한 순간도 있었다. 큰아이의 맹장이 터져서 복막염이 되기 직전까지 갔던 아찔한 순간이 떠오르자 나도 모르게 감사의 기도를 올렸다.

자식을 보며 속울음을 삼켜야 했던 순간은 글로 다 표현할 수 없다. 인생은 산 넘어 산이었다. 거대한 산을 넘었다 싶으면 또 다른 산이 내 앞에 놓이고는 했다. 자식을 키우는 어머니들이라면 모두 겪은 일일 것이다.

질풍노도의 사춘기를 보낸 작은아이. 나는 작은아이의 눈물을 많이 보았다. 열여섯 살이라는 어린 나이에 해외 유학을 떠날 수밖에 없었던 아이. 획일적인 교육 정책의 희생양이 되기보다는 낯선 이방인이 되어서라도 길 찾기를 제대로 하길 바라는 마음으로 아이와 나는 비행기에 탈 수밖에 없었다.

작은아이를 호주에 데리고 가 이것저것 준비해준 뒤, 나

홀로 한국행 비행기를 탔을 때의 눈물은 지금도 잊을 수 없다. 작은아이가 타국 생활에 잘 적응할지 막막했고 절박했으며 두려웠다. 호주 공항에서 홀로 남게 될 아이가 흘리던 눈물…. 나는 서울에 와서도 몇 날 며칠을 끙끙 앓아야만 했다. 그렇게 작은아이와 나는 서로 보이지 않는 곳에서 많은 눈물을 흘렸다.

세월의 강을 건너 멋진 영화 프로듀서가 된 작은아이의 오늘은, 눈물이 잉태한 선물임이 틀림없다.

또한, 논산 연병장에서 큰아이의 거수를 받던 날의 뭉클함을 어찌 잊을 수 있을까. 큰아이를 논산까지 데려가는 내내 가슴이 후들거렸다. 다섯 살 때 죽음의 위기까지 맞았던 아이가 다 커서 군대에 간다는 생각에 목젖이 아파왔다. 유난히 소심하고 꼼꼼한 아이라 많은 사람과 훈련을 받는 것이 힘들지는 않을지 몹시 걱정스러웠다. 아이의 빡빡 깎은 머리를 보는 순간 나오려던 눈물이, 모든 절차가 끝나고 연병장에서 부모님을 향해 거수경례할 때 왈칵 쏟아졌다. 그 많은 젊은이 중에도 내 아이의 얼굴이 또렷하게 보였다. 아이는 잔뜩 경직된 얼굴로 경례를 하고 있었다. 다행히 성실한 큰아이는 훈련을 잘 마치고 서울로 배치를 받아 올라왔다.

자식 이야기는 끝이 없다. 환희, 눈물, 긍지, 간절함이 묻어난 글을 쓰다 보면 어느새 내 인생의 현주소를 발견하게 된다. 지금 나는 어느 지점에 서 있는가. 내가 머무는 현주소를 아는 것이 중요하다. 그런 면에서 자서전 쓰기는 늙어서 죽기 전이 아닌, 지금 당장 시작하는 것이 좋을 듯싶다.

지금까지 지나온 삶의 뒤안길을 돌아보는 시간이 결코 행복하지만은 않을 것이다. 아쉽고 후회스러운 시간이기도 하며, 가슴 아팠던 순간을 떠올리는 것이 더없이 괴로울 수도 있다. 되돌릴 수 없는 시계 앞에서 발을 동동 구를 만큼 애달픈 순간일지도 모른다.

그런데도 나는 꼭 자서전을 써볼 생각이다. 지금까지는 누군가에게 보여주기 위한 글을 썼다면, 언젠가는 무덤까지 가져갈 나만의 속살이 진솔하게 드러난 글을 써보고 싶다. 내 안의 가식을 벗어버리고 고해성사 하듯 써 내려가다 보면 내가 미처 보지 못한 부분까지도 읽게 될 것 같다. 정리도 되면서 다시 재점검하듯 나를 들여다보는 귀한 시간이 될 듯싶다.

지금의 나는 미미한 작가일 뿐이다. 하지만 평범한 주부였던 내가 작가가 될 수 있었던 데는, 책 읽기와 글쓰기가 밑바탕이 되었다. '책은 내게 모든 것의 모든 것'이 되어준 은인이다.

세월은 화살처럼 빠르게 지나간다. 아주머니라는 말조차도 애써 거부하던 내가 할머니가 된 지도 꽤 되었다. 이제 '할머니'라는 말을 들을 때의 이질감은 간 곳 없고, 지금은 가장 잘 어울리는 호칭이 되었다. 어딜 가나 아민이 자랑을 늘어놓는, 누가 봐도 팔불출 할머니다.

욕망을 내려놓게 해준 아민이가 읽어줄 생각을 하니 용기가 생긴다. 아민이가 내 글을 읽고 공감의 뜻으로 고개를 끄덕여준다면 더 바랄 것이 없겠다.

방송 일을 하며 만난 박완서 선생님의 "소설을 쓰려면 걸레가 말라비틀어지는 걸 보아도 엉덩이 붙이고 앉아서 쓸 수 있어야 한다"던 말씀을 되새기며, 나는 오늘도 자판을 두드린다. 유명해지기 위해서가 아니라 글 쓰는 일 자체를 사랑하기 때문이다. 자서전은 누구나 마음만 먹으면 쓸 수 있다. 사진에 저마다 담긴 추억과 사연을 끄집어내는 것만으로도 자서전 한 권을 완성할 수 있다. 그게 어렵다면 인생의 중요한 행사나 삶의 전환점을 소재로 글을 쓰기 시작해보자. 장대한 글이 될 것이다. 쓰다 보면, 내 이야기가 우리 가족의 역사가 될 수 있다. 누구의 인생이든 글로 쓰면 열 권도 넘을 만큼의 사연은 모두 갖고 있으므로.

메멘토
모리

"어머니, 배가 찢어지는 것처럼 아파요."

중학생이었던 오빠가 교복을 입은 채, 사랑채에서 뒹굴며 고통을 호소했다. 잘생긴 데다 공부도 잘하고, 나를 무척이나 아껴주던 오빠가 아프다고 하니 걱정이 되었다.

"급체인가 보네. 잠깐만 기다려라. 산 너머 의원님을 모시고 올라니까."

1960년대 우리 마을은 변변한 의원은커녕 보건소마저 없던 산골이었다. 한터라는 마을에 한의사 한 분이 계시는데, 장돌뱅이처럼 여기저기 돌아다니며 아픈 사람을 치료해주고 곡식으로 대가를 받았다. 지금 생각해보면 돌팔이 한

의사였을 것 같지만, 당시에는 우리 마을의 유일한 의원이라 든든한 지렛대 같은 존재였다. 엄마가 의원을 데리러 간사이 오빠의 신음은 더욱 커졌다. 나는 발을 동동 구르다 부엌에 가 물을 쟁반에 받쳐 들고 왔다.

"오빠, 물이라도 마셔. 많이 아파?"

이제 갓 초등학교에 들어간 나는 벌벌 떨며 오빠의 입에 찬물이 담긴 종지를 갖다 댔다. 초봄이라 바깥 날씨는 쌀쌀한데도 오빠의 얼굴과 온몸에는 식은땀이 흥건했다.

"아악!"

오빠는 외마디 소리를 남긴 채, 그 자리에서 고꾸라졌다. 어린 나는 너무 놀라 밖으로 뛰쳐나오며 외쳤다.

"누구 없어요? 우리 오빠가 죽…"

그때 엄마가 한복을 입은 의원을 데리고 오다 나와 눈이 마주쳤다. 엄마는 내 입에서 나오려던 말의 뜻을 직감적으로 알아챘는지, 버선발로 뛰어 사랑채로 들어갔다. 엄마의 곡소리가 하늘을 찌르다 못해, 온 동네 사람들을 부르는 확성기가 된 것은 더 말할 필요도 없다.

나는 그때 처음 보았다. 사람이 죽으면 몸이 막대기처럼 빳빳해진다는 것을. 내게 그토록 다정했고, 천재라는 소리를 들을 만큼 똑똑했으며, 우리 집안의 대들보였던 오빠의 시신 앞에서 눈물조차 흘리지 못했다. 슬프지 않아서가 아니라, 거짓말 같았고, 누군가가 나에게 깜짝 쇼를 하는 것 같았다. 엄마가 눈을 하얗게 뒤집고 쓰러진 것을 본 후에야 비로소 '죽음'이라는 말이 '영원한 이별'을 뜻한다는 걸 알게 되었다.

그 후로 꽃상여가 나가는 풍경도 가끔 보게 되었다. 동네 유지나 부잣집 영감이 죽으면 온 동네 사람들이 꽃상여를 따르며 축제처럼 장사를 치르고는 했다. 슬프기보다는 친구들과 상갓집에 가 모처럼 포식하는 게 즐거웠다.

학창 시절에 땅만 보고 다닐 정도로 비사교적이었던 나는, 관심 있는 친구도 없었다. 어서 어른이 되고 싶다는 생각이 컸기에, 주로 공상을 하거나 장학금을 놓치지 않기 위해 시험공부를 했던 게 학창 생활의 전부였다. 그런 내게 먼저 손을 내민 친구가 있었다. 같은 반은 아닌데, 유난히 피부가 하얗고 도시적인 분위기가 나는 여학생이었다. 학교 백일장에서 나란히 상을 받은 게 계기였다.

"나는 시 쓰는 거 좋아해. 너는?"

난 시나 소설 등에 관심도 없었지만, 전 학생이 써내는 거라 아무 생각 없이 참가했던 것이 상을 받은 터라 시큰둥했다.

"그딴 거 관심 없어. 신문 사설이라면 모를까."

냉소적으로 대답하면 다시는 말을 붙이지 않을 것 같아서 일부러 차갑게 말했던 것 같다. 지금 생각하면 왜 그랬는지 모른다. 어느 날, 체육 시간이 끝난 뒤 교실에 들어와 보니, 필통에 편지가 들어 있었다.

"문학을 좋아하는 사람들끼리 나누는 우정, 멋지지 않니? 난 이미 너를 친구로 생각하고 있어. 너도 그렇게 생각하기를 바라."

편지라기보다는 쪽지에 가깝지만, 읽는 내내 얼굴이 화끈거렸다. 그때는 동성이든 이성이든 마음이 통하는 친구끼리 편지를 주고받는 게 유행이었다. 아무하고도 관계를 맺지 않던 내게 관심을 두는 친구가 있다는 것이 영 어색했다. 답장은커녕, 나는 그 친구를 일부러 피했다. 그런데도 친구는 내게 가끔 편지를 주고는 도망을 쳤다. 마치 연애편지를 주는 남학생처럼.

졸업 후에도 나는 그 아이를 까마득히 잊고 있었다. 그런데 놀랍게도 내 결혼식에 친구가 찾아온 것이 아닌가. 분주한 틈을 타 잠깐이지만 인사를 나누며 그녀가 한 말이 인상적이었다.

"너는 내게 특별한 사람이거든. 여기저기 알아보다 네 결혼 소식을 듣게 되었어."

신혼여행에서 돌아와 그 친구에게 먼저 연락했다. 거의 10년 만에 시내에서 만나 많은 이야기를 나누었다. 친구는 문학을 전공하고 싶었다고 했다. 하지만 남동생 공부시키느라 직장 생활만 하다 한 달 후에 결혼을 하게 되었다고도 했다. 그때야 비로소 친구가 감성이 매우 풍부하며, 책도 나보다 많이 읽었다는 걸 알았다.

전업주부로 살던 나는 친구를 만나 많은 이야기를 나누었다. 친구는 내가 많이 변해서 좋다며, 오래도록 우정을 나누자고 있다. 내게도 시집살이와 육아 등에 대해 털어놓을 비상구가 필요했던 시기였다. 어린 시절 친구에게 냉정하게 대했던 나의 잘못에 대해 보상해주고 싶은 마음도 커 많이 챙겼다. 내가 첫아이를 낳고, 연년생으로 둘째 아이까지 낳고 난 후, 친구가 기쁜 소식을 전했다.

"나 임신했어. 그런데 남편하고 시댁 식구가 아이 낳는 걸 탐탁지 않게 생각해. 나보고 돈 버는 일부터 알아본 다음에 애를 낳으라고… 셋방살이하면서 애 낳아 키우고 싶느냐며….”

기가 막힌 일이었다. 그렇지 않아도 결혼 후, 곧바로 임신이 되지 않아 고민하던 차에 생긴 아이인데, 무슨 말을 하는 건지 알 수가 없었다. 가정 형편이 어렵다고 하더라도 너무한다 싶었다. 그로 인해 남편과 갈등이 깊었던 것 같다. 만날 때마다 친구의 눈이 부어 있던 것도 그녀가 죽은 후에야 생각났다.

임신 6개월쯤 되었을 때, 친구가 산부인과에 정기 진단을 받으러 가는 날이라며 만나자고 했다. 나는 달력에 표시해놓고 친구를 만나면 주려고 신생아용 옷이며 기저귀 등을 준비해놓았다. 그런데, 약속 날짜 바로 전날 전화 한 통이 왔다. 그녀의 남편이라는 사람이 전해준 내용은 너무도 짧았다.

“숙이가 죽었어요. 수첩 맨 위에 적힌 이름이 경희 씨라 전해요.”

어안이 벙벙해서 아무 말도 할 수 없었다. 다음 날, 간신히 장례식장을 알아내 찾아간 다음에야 ‘임신 외 수정으로 인한 사망’이라는 말을 들었다. 그것도 남편이라는 사람이 아주 담담한 표정으로 전해준 내용이었다. 의료사고였느냐고 묻는 나의 말에, 남편은 웬 참견이냐는 식으로 눈을 내리깔았다.

우울한 눈빛을 감추지 못한 친구의 영정 사진을 보며, 죽는다고 모든 게 끝나는 게 아니라는 걸 알았다. 친구가 내게 사는 게 힘들다고 한 고백의 의미를 알 듯싶었다. 슬퍼 보이지 않던 남편과 시댁 식구들의 싸늘한 표정에서 친구의 힘들었을 삶이 역력히 보였다. 가슴이 짠하고 아팠다.

"재수 없는 며느리가 들어와서 우리 집안이 망했다."

옆자리에서 여자 몇이 하는 말을 들었다. 오싹한 기분이 들고 뭔가 석연치 않았지만, 달리 무슨 말을 할 수도 없었다.

그 친구도 나만큼 친하게 지낸 동창이 없었던 것 같다. 그녀의 죽음을 아는 사람이 별로 없었다. 지금도 그녀의 죽음 뒤에 숨은 뭔가 개운치 않은 부분이 많지만, 어찌할 도리가 없어 가슴만 쓸어내릴 뿐이다. 교통사고처럼 갑자기 자신의 존재가 사라질 수 있다는 걸 친구의 죽음을 통해 알았다. 내일을 장담할 수 없는 게 우리 인생이라는 것을.

친정엄마의 죽음은 내게 삶의 화두가 되고도 남았다. 홀시어머니에 외며느리이기 때문에, 마음과는 달리 친정엄마를 모실 수 없었다. 엄마에 대한 나의 애달픈 마음은 누구보다 깊었다. 수국처럼 단아한 외모를 자랑하던 엄마는 누가 봐도 미인이셨다. 그러나 아버지만은 달랐다. 똑똑하고 보헤미안 기질이 강한 아버지는 목련을 닮은 여자에게 아내의 자리를 넘겨주었다.

파란만장한 엄마의 삶을 곁에서 지켜본 나로서는 무조건 엄마의 편이었다. 평생 엄마 곁에서 잘해드리고 싶었다. 엄마가 눈 감기 전에 해드리고 싶은 건 다 해드리리라 마음먹었다. 바쁜 와중에도 시간만 되면 엄마를 찾았다. 엄마를 모시고 옷도 사러 가고, 맛있는 것도 사드리고, 용돈도 두둑이 드리려 애썼다. 적어도 엄마가 돈 때문에 애타는 일은 없게 하고 싶었다. 그러나 자식도 부모인 나를 기다려주지 않듯, 엄마 또한 나를 기다려주지 않았다. 엄마의 쇠잔한 몸을 씻겨드릴 때마다, 나무젓가락처럼 삐쩍 마른 손으로 나를 꼭 잡으며 말했다.

"너 힘들게 해서 어쩌냐? 이제 엄마가 하늘나라로 가야지…. 가야지… 그래야 네가 편치…."

11월의 어느 날, 엄마는 정말로 간곡히 붙든 내 손을 놓으시고 하늘나라로 가셨다. 엄마의 눈을 감겨드리는 순간부터 지금까지 서럽고 아픈 일만 생각난다. 무엇을 잘해드렸다고 말할 수 있나! 내가 가소롭고 가여울 뿐이다. 엄마는 이 땅에서 누린 게 하나도 없이, 그저 헌신과 희생만 하다 가셨다. 말년에 시집살이하는 딸 고생시킨다고, 죽음의 사자를 재촉하시면서까지 나를 염려하시다 돌아가신 것이다.

나는 엄마의 시신이 뜨거운 불 속으로 들어갈 때, 목놓아 울다 정신을 놓았다.

"엄마 미안해. 진짜 잘해드리고 싶었는데…. 아버지에게 받지 못한 사랑… 내가 더 많이 드리고 싶었는데… 아무것도 해드린 게 없어서 죄송해요."

마음 같아서는 엄마를 딱 한 달만 이 세상에서 나와 살게 해달라고 신에게 빌고 싶었다. 그러나 달리 생각하면 엄마는 한 많은 이 땅에서 사는 것보다, 저 하늘에서 평화롭게 사는 게 더 행복할 것 같았다. 그만큼 엄마는 이 땅에서 서럽고 아프게 살다 가셨다.

어릴 때 오빠의 죽음 앞에서는 슬픔이 뭔지 몰라 눈물이 나지 않았다. 그저 좋은 오빠를 볼 수 없다는 사실만이 안타까울 뿐이었다. 친구의 죽음 앞에서는 너무 황망하고 서러워서 눈물을 흘릴 겨를이 없었다. 그 점 또한 미안하다. 하지만 엄마의 죽음 앞에서는 내 몸속에 강물이라도 들어 있는지 목 놓아 울어도 눈물이 멈출 줄을 몰랐다.

그렇게 엄마를 고향 선산에 묻고 올라오며, 죽음이 남의 이야기가 아니라는 걸 알았다. 나의 죽음에 대해 깊이 생각하게 되었다. 쉰다섯 살 때 일이니 너무 늦게 철이 들었던 건지도 모른다.

그 이후로 죽음에 관한 책이나 영화 등을 많이 찾아보게 되었다. 죽음을 생각하는 학회 등에서 하는 세미나에도 참석해 지적인 허기를 채워나갔다. 노년을 위한 영화제에서 다루는 죽음에 대한 다양한 영화들은 나의 영적인 세계를 넓혀주기에 충분했다. 이 모든 과정에서 죽음을 준비하는 것이야말로 겸손을 배우는 것이며, 나를 내려놓는 훈련의 연속이라는 걸 알았다. 죽음이 먼 훗날의 이야기가 아니라, 바로 오늘 일어날 수도 있는 일이라는 걸 알았을 때, 모든 것이 예사롭지 않았다.

죽음에 대해 공부하면서 가장 먼저 들은 말이 '메멘토 모리Memento mori'였다. 자신의 "죽음을 기억하라" 또는 "너는 반드시 죽는다는 것을 기억하라", "네가 죽을 것을 기억하라"를 뜻하는 라틴어라고 한다. '메멘토 모리'라는 말을 들을 때마다 자동적으로 '겸손히 오늘을 살라'라는 말이 튀어나온다. 그만큼 절실하게 이 말이 가슴에 와닿는다.

'메멘토 모리'와 함께 기억나는 글이 있다. 웨스트민스터 대성당 묘지의 영국 성공회 주교 무덤에 적혀 있는 〈죽음을 맞이하며 깨달은 한 가지 진실〉이라는 제목의 글귀다. 지금도 핸드폰 메모장에 기록해놓고, 교만이라는 놈이 고개를 들 때마다 들여다본다.

나 자신

내가 젊고 자유로워서 상상력에 한계가 없을 때,
나는 세상을 변화시키겠다는 꿈을 가졌었다.

좀 더 나이가 들고 지혜를 얻었을 때
나는 세상이 쉽게 변하지 않으리라는 걸 알았다.
그래서 내 시야를 약간 좁혀
내가 사는 나라를 변화시키겠다고 결심했다.

그러나 그것 역시 불가능한 일이었다.

황혼의 나이가 되었을 때

나는 마지막 시도로,

나와 가장 가까운 내 가족을

변화시키겠다고 마음을 정했다.

그러나 아무도 달라지지 않았다.

이제 죽음을 맞이하기 위해 누운 자리에서

나는 문득 깨달았다.

만일 내가 나를 먼저 변화시켰더라면,

그것을 보고 내 가족이 변화되었을 것을.

또한, 그것에 용기를 얻어

내 나라를 더 좋은 곳으로 바꿀 수 있었을 것을.

그리고 누가 아는가,

세상까지도 변화되었을지!

젊었을 때 애석하게 죽은 친구 말고, 요즘은 실제로 내 또래 혹은 동인 활동을 같이한 작가의 부고를 듣게 된다. 그럴 때마다 죽음이 내게도 가까워지고 있다는 경종으로 들린다. 겸허한 마음으로 죽음을 준비해야겠다.

지금까지 살면서 다양한 죽음의 순간을 보며, 내가 느낀 것은 단순 명료했다. '무에서 왔다 무로 돌아간다'는 사실이다. 엄마는 내가 드린 용돈 중 만 원짜리 한 장도 쥐지 못하고 빈손으로 돌아가셨다. 좋은 옷이라고 사드린 건 모두 불 속으로 들어갔다. 냉장고에 넣어둔 고급 음식은 썩어서 음식물 쓰레기가 되었다. 모두가 헛되고 헛될 뿐이었다.

나는 그때 알았다. 죽었을 때, 진심으로 울어줄 사람만 있다면 그런대로 괜찮게 산 것이라는 것을. 난 많은 사람이 내 영정 사진 앞에서 애도하길 바라지 않는다. 그건 욕심이다. 내 사랑하는 두 아이와 아민이가 나의 죽음 앞에서 진심으로 울어준다면 그걸로 됐다. 내가 친정엄마를 보내며 흘렸던 눈물의 만분의 일만이라도, 눈물을 흘려줄 수 있는 존재면 족하다.

죽음은 느닷없이 찾아오는 손님일 수 있다. 죽음의 사자가 날 부를 때, 노래 부르며 천상을 향해 가고 싶다. 그래서 나는 오늘을 보송보송 잘 마른 수건처럼 살고 싶다. 깔끔하면서도 멋지게.

3부
손주와의 추억 만들기

소풍 가기

　아민이와 어딘가를 갈 때는 엄마나 아빠와 늘 함께였다. 아민이가 엄마 껌딱지라 혼자 우리 집에 와 잠을 잔 적도 없었다. 그런데 어쩔 수 없이 아민이가 엄마와 떨어져 있어야 할 때가 있었다. 아민이 엄마가 필리핀에 있는 회사로 장기 출장을 가게 된 것이다. 그때 아민이는 아빠와 둘이 우리 집에서 머물게 됐다.

　아민이 엄마가 출장 가기 전에 많은 이야기를 해두어서인지, 아민이는 엄마를 그리워는 했지만 징징거리지는 않았다. 참 많이 컸다는 생각이 들었다. 아이들은 상황에 따라 적응이 빠르다는 것 또한 아민이를 통해 새삼 느꼈다. 엄마가 멀리 있다는 인식을 해서인지, 아민이가 나에게 보이는 친밀도가 확연히 달랐다. 지금은 믿을 사람이 할머니밖에 없다고 생각한 것 같았다.

평소에 아민이를 온전히 봐주지 못한 한(?)을 풀고 싶어, 어느 날 남편에게 제안했다.

"그동안 못한 할아버지 역할을 할 기회를 줄 테니… 하루만 시간을 비워요. 아민이 데리고 양평 돌면서 구경도 시켜주고 맛있는 것도 사줍시다. 미술관 전시 기획도 좋고, 곤충박물관도 있어서… 나들이하기 딱 좋은 곳이니까."

나 혼자 아민이를 데리고 지방에 갈 엄두가 나지 않아서이기도 했지만, 할아버지도 아민이와 오랫동안 함께하지 못한 아쉬움이 있었다. 사람도 많고 차량도 복잡한 주말을 피해 주중에 떠나기로 했다. 먹을 것, 마실 것, 장난감 등 만반의 준비를 한 뒤, 아민이에게 옷을 입혀주며 말했다.

"아민아, 오늘은 할아버지와 함께 소풍 갈 거야. 딱 셋이서만. 괜찮지?"

"소풍 가는 거예요? 애들도 없는데…."

"할머니 마음이 아민이랑 소풍 가는 것 같다는 뜻이야. 엄청 기분이 좋다고. 아민이도 재밌을 거야."

양평이 지척이긴 했지만, 설렘은 컸다. 오롯이 아민이와 떠나는 첫 소풍이었기에…. 운전대를 잡은 할아버지의 얼굴에도 화색이 돌았다. 큰아이가 어릴 때 좋아했던 과자를 미리 준비했다가 차 안에서 주며 말했다.

"아민아, 너희 아빠가 이 과자를 좋아했어. 삼촌이랑 뒤에 앉아서 서로 더 많이 먹겠다고 엄청나게 싸웠지. 운전하던 할아버지가 정신 사납다고 야단을 치면, 서로 꼬집으면서 싸웠어. 추억의 과자야."

아민이는 과자를 먹기보다는 뭔가 더 많은 걸 묻고 싶어 했다.

"우리 아빠랑 삼촌을 할머니가 다 낳은 거예요? 삼촌이랑 아빠가 싸우면 누가 이겼어요?"

아민이는 혼자 자라서인지, 자기에게 장난감이며 옷 등을 잘 사주는 삼촌과 자기 아빠가 형제라는 게 신기한 것 같았다. 말이 나온 김에 큰아이와 작은아이가 어릴 때 있었던 이야기를 들려주었더니, 재밌어하며 좋아했다.

"우리 아빠가 그렇게 개구쟁이였어요? 히히히…."

아민이는 점잖기만 한 아빠가 동생을 그토록 힘들게 했다는 말이 믿어지지 않는 듯, 계속 물었다.

"그럼! 삼촌은 한 살밖에 차이가 안 나는 너희 아빠한테 꼼짝 못 했어. 근데… 중학생이 되면서부터는 둘이 싸움도 안 하고, 같이 있을 시간도 별로 없었단다. 서로 싸우면서 이 렇게 놀러 다닐 때가 할머니도 좋았어."

아민이에게 쉬지 않고 옛이야기를 들려주다 보니, 금방 곤충 박물관에 도착했다. 온갖 곤충들의 모습이 생생하게 담긴 박물관을 돌면서, 나는 기꺼이 가이드가 되어주었다.

"산에 사는 나비들은 각자 자기가 좋아하는 나무 덩굴 속 에만 알을 낳는대…. 나비 박사님들이 그 나무 덩굴 밑에 가 서 나비 알을 주워다가 여기에 전시해놓은 거란다. 여기서 도 나비가 알에서 태어날 수 있도록 적절한 환경을 만들어 주는 거지."

시골에서 태어나 산과 들을 누비며 자랐지만, 생태에 대 해 더 알고 싶어 숲 해설 공부를 했다. 내가 알고 있는 정보 와 지식을 총동원해 아민이에게 설명했다.

"할머니, 저기 진짜 나비들이 엄청 많이 날아다녀요. 근데 모두 날개가 달라요."

책에서 보던 나비를 실제로 보자 아민이는 흥분하는 것

같았다. 역시 현장학습이 최고다. 곤충 박물관에서 나오자, 아민이가 좀 힘들어하는 것 같았다. 쉬면서 점심부터 먹어야 할 것 같아 음식점을 찾았다.

"아민이가 좋아하는 곰탕집에 갈까?"

아민이는 아기 때부터 내가 끓인 사골국에 밥 말아 먹는 걸 좋아했다. 거기에 정성껏 만들어놓은 동그랑땡을 먹으며, 진심으로 말하고는 했다.

"정말 맛있어요. 할머니가 해주신 건 모두 다요."

아민이의 칭찬에 어깨가 절로 들썩거렸다. 그래서 아민이가 우리 집에 온다고 하면, '맛있다'라는 말을 들을 생각에 힘든 줄도 모르고 음식을 만들고는 했다.

곰탕은 전통을 고집하는 집답게 맛있었다. 일곱 살밖에 안 된 아이가 어른용 곰탕 한 그릇을 다 비웠다. 김치까지 살짝 곁들여 왕성하게 먹는 걸 보니 절로 배가 불렀다.

"아민아, 양평은 할머니 고향이야. 할머니가 어릴 때는 여기보다 엄청 시골인 단월이라는 곳에 살았지. 너희 아빠와 삼촌은 할머니가 살던 동네에 자주 갔었어. 거기 가서 물고기도 잡고, 개구리도 잡고… 신나게 놀고는 했지. 아민이도 학교 들어가면 할머니랑 가보자. 지금은 외증조할머니와 할아버지가 돌아가셔서 아무도 없지만….”

아민이는 밥을 실컷 먹은 뒤 식곤증이 오는지 내 말에 대꾸가 없었다.

“힘들구나. 미술관에 가는 동안 차에서 자자.”

아민이가 곤히 잠들어, 미술관 주차장에 다다라서도 한참을 차 안에 머물렀다. 단잠을 자고 난 아민이는 눈을 비비며 창밖을 뚫어지게 내다보았다. 진열되어 있는 대형 조각품들을 보고 놀라는 모습이 귀여웠다.

“양평 미술관은 서울에 있는 미술관 못지않게 크고 좋은 전시를 많이 해서 서울에서도 구경 오는 사람이 많아. 우리처럼 가족이 함께 오는 경우도 많대. 할머니는 이 미술관에서 출판기념회도 했단다.”

“할머니도 그림 그리는 화가세요? 우리 아빠도 그림 진짜 잘 그려요.”

아민이는 자신이 궁금하거나 아니다 싶은 게 있으면 반드시 질문을 해서 답을 얻으려고 했다. 무엇이든 그냥 지나치지를 않았다.

"할머니가 양평을 소개하는 글을 쓰고, 한 화가님이 그림을 그렸어. 맞아. 너희 아빠… 진짜 그림 잘 그렸어. 너처럼 꼬마일 때부터. 너희 아빠 고등학교 때 학원에 가기만 하면 배 아프다고 응급실 가고 그랬거든. 어느 날은 병원에서 나오며 할머니가 "공부 대신 그림 그릴래?" 하고 물었더니, 고개를 끄덕이더라. 너희 아빠가 그렇게 미술대학 준비를 시작한 거야."

나는 아민이가 어리다고 아무 말도 해주지 않는 것보다는, 이해하지 못하더라도 상황에 따라 여러 가지 이야기를 해주는 것이 낫다고 생각한다. 바닷가의 모래알처럼 내 말이 숭숭 새는 것 같아도 기억에 남는 게 있을 것이다.

아민이는 의외로 내 말을 어느 정도 이해하는 것 같았다. '아이들은 아무것도 모른다'는 나의 고정관념을 아민이가 여지없이 깨나갔다. 아민이 덕분에 즐거운 마음으로 낡고 고루한 생각들을 수정해나가는 중이다. '아이는 어른의 스승이며, 거울이다'라는 말을 실감하면서….

미술관에서도 아민이는 많은 관심을 보였다. 빛을 이용한 작품과 피아노를 오브제로 쓴 작품 앞에서는 떠날 줄을 몰랐다. 그때 아민이가 가장 관심을 두던 게 피아노였다.

"아민이는 피아노 치는 게 좋아?"

"네. 피아노 소리가 엄마 같아요….."

아민이의 입에서 나오는 말은 모두가 빛났다. 피아노에서 나는 소리가 엄마의 숨결처럼 푸근하다는 뜻일 게다. 때 묻지 않은 아민이만의 독특한 표현이 참 마음에 들었다.

미술관 관람을 마치고, 두물머리로 차를 몰았다. 양평의 머리이자, 가장 멋진 명소인 두물머리를 아민이에게 보여주고 싶었다. 차 안에서 아민이에게 간식을 먹이며 몸 상태를 살폈다. 아이가 너무 피곤해하면, 그만 돌아갈 생각으로.

"힘들지 않아? 그만 집에 갈까? 아주 멋진 나무를 보여주고 싶은데… 아민이가 결정해."

나는 무엇이든 아민이에게 강요하지 않는 편이다. 두 아이를 키울 때도 아이들이 원하는 쪽으로 유도했다. 학원에 다니는 것도, 과외를 하는 것도 자신들이 선택하게 했다. 때로는 그런 내가 아이들을 너무 방목해 키우는 건 아닌지, 불안할 때도 있었다. 체계적인 시간표 안에서 달려가는 다른 아이들에 비해 뒤처지는 것 같기도 했다.

세월이 지나, 내가 아이들을 키운 방법이 틀리지 않았다는 것을 알았다. 억지로 시킨다 한들 아이들이 부모를 다 따르는 건 아니다. 아이들에게는 사랑이 깃든 넓은 초원을 맘껏 달리게 해주면 된다. 그러면서 엄마는 아이의 적성과 재능을 파악해 그 길을 인도해주는 나침반이 되어야 한다.

두 아이를 자유롭게, 방임주의적인 사고로 키웠지만, 후회는 없다. 두 아이 모두 이 사회에서 자기 몫을 다 하며, 즐겁고 행복하게 살아가고 있기 때문이다. 잘 산다는 기준도 순전히 나의 판단이다. 남과 비교해서가 아닌, 소소한 행복을 추구하면 된다는 나의 신념으로 볼 때 그렇다는 거다.

아민이와 함께할 때도 이 점을 늘 신경 쓴다. 내 마음대로, 내가 원하는 대로, 내가 못 해본 것이기에, 반대로 내가 좋아하는 것이기에 강요하고 싶지 않다. 또한 요즘 아이들은 어른이 강요한다고 순순히 따르지도 않는다. 마찰과 불신의 수치만 높일 뿐.

아민이는 나무를 보고 가자는 제안에 좋다는 말도 싫다는 표현도 하지 않았다. 피곤할 것 같아 두물머리는 내려서 걷지 않고, 차로 한 바퀴 돌고 나왔다. 그렇게 집으로 돌아와 나란히 누운 아민이에게 속삭이듯 말했다.

"아민아, 이제 학교 들어가면 방학 때마다 할머니 집에 올래? 그땐 할머니가 최고로 재밌는 방학이 되도록 노력해 볼게."

"좋아요, 할머니. 오늘처럼 말이죠?"

아민이는 정말 사랑스러운 아이다. '첫 소풍'에 대한 평가를 이토록 진솔하면서도 멋지게 하다니. 그날 밤 아민이에게 받은 찬사로 피곤한 줄도 모르고 벙실벙실 웃느라 잠까지 설쳤다. 종일 기사 노릇과 아민이 보호자 역할을 톡톡히 해준 할아버지도 아민이 말에 놀란 듯 한마디 거들었다.

"아민이는 할머니보다 더 멋진 글을 쓰겠는걸."

앞으로 방학 때마다 아민이와 함께할 색다른 소풍을 위해 더 많은 것들을 기획하고 준비할 생각이다. 산으로 들로 때로는 이색적인 풍경을 찾아 소풍을 나설 것이다. 즐겁고 신나는 일들로 가득한 프로그램으로 말이다.

아민이와 첫 소풍을 다녀온 할아버지의 소감 또한 빼놓을 수 없다.

"젊어서는 바빠서 아이들과 제대로 여행 한 번 못 가고…. 아이는 저절로 크는 줄 알았더니, 놓친 게 많다는 걸 아민이를 보면서 느끼네."

은퇴한 할아버지들이 손주 보는 일을 피곤해하지 않고, 새로 얻은 일거리처럼 즐거워하는 이유가 이 말 속에 다 들어 있다.

아민이는 우리 가족 모두의 에너지원이자 삶의 활력소다.

텃밭 가꾸기

　결혼해서 지금까지 이삿짐을 한 번도 꾸려보지 못했다. 안 한 것이 아니라 못한 것이다. 외아들인 남편과 동숭동 본가에 들어와 산 지 33년째다. 이 집에서 쓰고 맵고 짠, 때로는 눈물을 흘리는 것조차 사치로 느껴질 만큼 버거운 삶을 살아왔다. 딸 둘과 아들 하나를 홀로 키운 시어머니는 높은 성안의 군주와도 같은 분이다. 구십이 되셨지만, 한 번도 자식이나 사람들 앞에서 꼿꼿한 자세를 굽힌 적이 없으며, 목소리 또한 완고하시다.

　아무것도 모른 채, 사람이 좋다는 이유만으로 홀시어머니에 외아들을 택한 건 나였으므로 인내 또한 내 몫이라는 생각으로 살았다. 무엇보다 아무런 선택권도 없이 태어난 두 아이에게 상처를 줄 수 없으므로, 지금까지 강물 너머의 바다를 바라보며 참고 왔다.

그래서 이삿짐을 싸보지 못한 것에 대한 한이 있다. 잡동사니로 가득한 박물관 같은 집에서 떠나 산뜻하고 깨끗한 집에서 살아보고 싶다. 이것은 아민이가 태어나기 전까지의 간절한 소망이었다.

이 집에서 두 아이를 낳아 키워 독립시켰고, 아들의 아들까지 이 골목에서 뛰어노는 모습을 보게 되니 생각이 바뀌었다. 아민이가 걸음마를 시작하면서 차가 다니지 않는 우리 동네 골목이 얼마나 고마운지, 이사 가지 않고 살아온 것에 감사했다.

그러면서 옥상에 텃밭을 가꾸기 시작했다. 내 식대로 '손바닥 옥상 텃밭'이라 이름까지 붙이니 그럴듯했다. 다행히 오랫동안 숙성시킨 흙이 많아 온갖 꽃나무를 심을 수 있었다. 큰 화분에 대추나무에서부터 수수꽃다리, 앵두나무 등을 심어 꽃이 피고 지는 걸 보았다. 해마다 고추며 상추 등 쌈거리도 풍성하게 심었다.

올해는 아민이에게 나눠줄 방울토마토며 딸기도 심었다. 오래전에 심은 은행나무는 '아민 나무'라 이름 지었는데, 아민이에게 말을 걸듯 중얼거리며 물을 준다. 채소도 꽃도 마찬가지다. 모든 식물은 사람의 발걸음 소리만 들어도 키가 큰다는 말이 맞았다. 정성으로 물을 주고 사랑을 쏟았더니, 모든 채소에서 반짝반짝 빛이 났다.

텃밭이 있으니 가을에 거둬들인 온갖 씨앗을 봄에 뿌릴 수 있어 좋다. 새싹이 돋을 때의 환희나 이파리가 자라 꽃을 피워낼 때의 생동감은 말로 다 표현할 수 없다. 모든 꽃나무는 생각보다 잘 자라주었고 예쁜 꽃을 피워냈다. 넓은 들판도 아니고, 기름진 땅도 아닌 척박한 도시의 텃밭에서 이토록 훌륭하게 자라주다니. 옥상에 올라갈 때마다 절로 감탄사가 나왔다.

옥상은 한마디로 나의 쉼터이자 옹달샘이다. 농부들이 힘들다가도 논두렁 흙을 밟으면 저절로 힘이 생기는 것과 같다. 텃밭을 가꾸며 가장 기쁜 것은 수시로 쌈거리를 뜯어 밥상에 올릴 수 있다는 점이다. 아민이네 식구가 집에 오면 싱싱한 쌈거리를 뜯어 삼겹살을 구워 먹기도 하면서, 흙에서 건져 올린 기쁨을 누린다. 옥상을 오르내리며 온갖 푸성귀를 따 먹을 수 있는 것은 도시에서 누리는 특권이라 여긴다. 가끔 집으로 돌아가는 아민이에게 쌈거리 봉지를 안겨줄 때의 뿌듯함이란! 옥상 텃밭은 도시에서 돈 주고 살 수 없는 보석과도 같은 땅이다.

나는 지금도 아민이가 오기만 하면 옥상 텃밭에 데리고 간다. 숲 해설사 공부를 하면서, 어린 시절 시골에서 자라면서 보고 들은 것을 총동원하여 식물에 대해 설명해주곤 한다. 그럴 때마다 바버러 쿠니 작가의 그림책 『미스 럼피우스』(시공주니어, 1996)에 나오는 럼피우스 할머니가 된 듯한 기분이다. 아민이가 훗날 나를 럼피우스 할머니처럼 예쁜 꽃밭을 가꾸며, 늘 재밌는 이야기를 들려주던 할머니로 기억한다면 더 바랄 것이 없을 것 같다.

암튼 나는 상황에 따라 '이야기 들려주는 할머니'가 된다.

"아민아, 이건 개망초라는 풀이야. 풀은 시골에 가야 볼 수 있는 건데, 여기에서도 볼 수 있어. 신기하지? 저건 할머니가 제일 좋아하는 인동꽃이라는 거야. 인동꽃은 김대중 대통령이 제일 좋아했던 꽃이라고 해서 할머니가 심었어. 우리나라 민주주의를 위해서 엄청나게 노력하신 분이거든.

아민이도 나중에 김대중 대통령에 관한 책을 읽어봐…"

나는 기회가 닿을 때마다 무엇이든 내가 읽은 책과 연결해서 아민이에게 설명을 해주고 있다. 지식의 나열이나 자랑이 아니라, 이해를 돕는 도구로 내 안의 정보 주머니를 풀어놓는달까. 아민이도 나의 설명 방식에 익숙해져서인지 모든 걸 잘 받아들였다. 아마도 그런 아민이에게 힘을 받아 더욱 신이 나 무엇이든 전해주고 싶은 마음이 생기는지도 모른다.

텃밭에서는 온갖 꽃이 피어났고, 꽃을 찾는 나비와 벌의 향연이 벌어졌다. 아민이가 벌을 무서워해서 살짝 눈도장만 찍고 내려왔지만 못내 아쉬웠다. 나는 아민이와 꽃과 나비들이 노니는 걸 더 구경하고 싶었다. 자연의 땅에서만 볼 수 있는 나비와 벌이 척박한 땅인 옥상 텃밭까지 찾아온 것에 무한한 감사의 마음이 생겼다. 그런 내 마음을 전하고 싶은 열망으로 아민이에게 책 한 권을 내밀었다.

두 아이에게도 수없이 읽어준 트리나 폴러스의 『꽃들에게 희망을』이었다. 이 동화는 읽을 때마다 내게 힘을 주는 성경과도 같은 작품이다.

"아민아, 오늘 옥상에서 본 나비들도 원래는 애벌레였어.

힘겹게 하얀 고치를 뚫고 나왔기 때문에 날 수 있었던 거지.”

“할머니는 벌이나 나비가 무섭지 않아요?”

아민이는 책보다 좀 전에 본 옥상의 풍경이 기억에 남았나 보다.

“무섭지 않아. 나비는 만지지 않으면 되고, 벌도 먼저 와서 쏘지는 않아. 벌이나 나비는 꽃들에게서 나오는 밥을 먹고 살거든.”

“꽃이 밥이에요?”

“나비나 벌은 꽃 속에 있는 꿀을 맛있게 먹어. 그럼 꽃이 다시 열매를 맺게 되는 거고…. 서로 도우면서 살아가는 셈이지.”

“그래서 할머니는 벌을 무서워하지 않았구나. 난 벌이 무서운데….”

아민이는 그날 벌과 나비를 본 것이, 할머니 집 옥상에 벌들이 살고 있다는 것이 매우 신기하면서도 놀라웠던 것 같다.

나는 아민이가 당장 명작 속에 담긴 깊은 뜻을 헤아리기를 원하지는 않는다. 텃밭의 식물을 자주 보여주는 이유도 마찬가지다. 앞으로 아민이가 『꽃들에게 희망을』을 찾아 읽게 된다면, 이 식물들의 소중함에 눈뜨게 된다면, 분명 내가 말하고 싶었던 걸 스스로 깨닫게 될 거라 믿는다.

옥상에 있는 '아민 나무'를 보면서는 『아낌없이 주는 나무』(셸 실버스타인, 시공주니어)라는 책의 내용을 간략하게 이야기해줬다. 아민이는 이 책을 여러 번 읽어서인지 내용을 알고 있어 대화가 가능했다.

"소년은 나빠. 왜 빼앗아 가기만 해? 나무가 불쌍해."

아민이가 이 책을 읽고 처음으로 말한 소감이라 잊을 수 없다.

"그래도 나무를 잊지 않고 늘 찾아왔잖아. 나무는 늘 외로웠는데 말이야…. 나무와 소년은 좋은 친구였던 거야. 서로 의지하고 도와줄 수 있는 사이…. 아민이도 나무 같은 친구가 있으면 좋겠다."

실은 이 말을 전하고 싶어 책을 매개로 이용했는지도 모른다. 이 세상을 살면서 좋은 친구를 사귀는 게 얼마나 중요한지 그 누구보다 잘 알기에 그 점은 꼭 강조하고 싶었다.

"아민아, 친구를 위해서는 무엇이든 아낌없이 줄 때가 더 기쁘단다…. 그래야 좋은 친구로 오랫동안 만날 수 있는 거야."

실제로 나는 이 두 권의 책을 인생 지침서라고 생각할 만큼 좋아한다. 내가 만나는 청소년들이나 탈북 친구들과도 이 책으로 많은 활동을 한다. '고난 속에서도 언제나 희망을 품고 살아가는 힘'과 '아낌없이 사랑을 주고받을 수 있는 친구'가 있다면 인생에서 건질 것은 다 가진 셈 아닌가!

살아 보니, 돈으로 살 수 없는 게 사람이었다. 내게 진정성이 있을 때 사랑도 친구도 얻었다. 그 마음의 본바탕을 다지는 때가 아민이처럼 세상의 때가 묻지 않은 유년 시절이라고 생각한다. 그래서 책을 사랑하고 글을 쓰는 할머니로서 할 수 있는 모든 방법을 동원해 보이지 않는 주문을 하는 건지도 모른다. 아민이도 나처럼 『꽃들에게 희망을』과 『아낌없이 주는 나무』 속에 깃든 깊은 의미를 깨닫게 되는 날이 올 거라 믿으며.

동화 쓰기

큰아이의 어여쁜 각시이자 우리 집의 보배인 아민이를 낳아서 살뜰히 잘 키우는 며느리를 볼 때마다 감회가 새롭다. 앱 개발자인 며느리는 임신한 상태에서도 회사에 다녔다. 오랫동안 다닌 직장이고 전문직으로 일하던 자리를 놓을 수 없었던 것 같다. 아민이 엄마는 출산하고 조리원에서 잠깐 쉰 것 빼고는 쉼 없이 일했다. 덕분에 남들보다 일찍 스스로 집도 사고 차도 바꾸었다. 결혼한 지 만 5년 정도 지나서의 일이었다. 아들도 낭비라고는 모르는 성실파지만, 아들이 일찍 자리를 잡고 안정적인 생활을 하게 된 것은 순전히 며느리 덕분이었다.

열심히 맞벌이해서, 집도 사고, 살뜰히 아민이를 잘 키우는 며느리가 대견하고 예쁘면서도 가슴 한쪽이 시릴 때가 있다. 어린 아민이가 출근하는 엄마의 치맛자락을 붙잡고 울며 매달리면 가슴이 아프다는 이야기를 들었을 때도 그랬다. 그 마음을 알기에 아민이를 만나면 아낌없이 사랑의 표현을 해준다. 물론 아민이 아빠와 엄마가 빈틈없이 아민이를 사랑으로 잘 키우고 있지만 말이다.

태양이 작열하는 여름날, 아민이의 생일 축하 겸 집들이를 한다고 해서 큰아이 집에 다니러 갔다.

"정말 애썼다. 고맙고…. 네가 임신해서도 그렇고 아민이 때문에 잠도 못 자면서 일한 덕분에 일찍 집을 장만한 거 잘 안다. 대단하다는 말밖에 할 말이 없구나."

정성을 다해 음식을 마련한 며느리에게 진심으로 고맙다는 말을 전했다. 본인도 새집을 산 것이 대견한지 얼굴에 미소가 가시지 않았다.

오순도순 모여 앉자, 이제 막 말문이 터진 아민이의 재롱잔치가 펼쳐졌다. 아민이도 모처럼 자기 집에 할머니, 할아버지가 온 것이 즐거운 것 같았다. 그러나 막상 밥상이 나오자 뒤뚱거리며 자기 방으로 숨었다. 한참 후, 내가 어르고 달래서 데리고 나오자, 아민이는 어눌한 말투로 열심히 뭔가를 설명했다.

"할미, 이거 아빠가 만들어, 써…. 닭… *꼬꼬*… 아파. 울었어…."

아민이의 언어는 암호였다. 무슨 말인가 싶어 아민이의 손짓을 유심히 살폈다. 밥상에 올라온 닭볶음탕을 말하는 것 같았다

"오아민! 이거? 아빠가 만들었다고?"

내가 아민이의 눈을 들여다보며 물었더니, 아민이가 고개를 끄덕였다. 그러면서도 뭔가 할 말이 있어 보였다. 알고 보니 제법 요리를 잘하는 큰아이가 닭볶음탕을 하는 동안, 아민이 엄마가 아민이에게 병아리에서 어미 닭이 되는 과정을 그린 그림책을 읽어주었던 것 같다. 어린 아민이는 *꼬꼬* 닭을 잡아 음식을 만든 아빠가 야만인처럼 보였던 것 같다.

"아민아, 이건 *꼬꼬* 닭이 아니라 아빠 닭이라서 괜찮아. 너도 살코기 좀 먹어봐."

나는 아민이에게 살코기를 발라주며 달랬다. 하지만 아민이는 끝내 고기를 거절하며, 꼬마 닭에 대한 연민을 감추지

못했다. 그 모습이 너무나 귀여웠다. 하얀 눈처럼 맑고 깨끗한 아민이의 동심이 빛 바라지 않았으면 좋겠다는 생각을 하고 있는데, 며느리가 내게 말을 걸어왔다.

"아민이가요. 정말 기발한 말을 해서 놀랄 때가 많아요."

며느리는 말을 마치자마자, 방에 들어가 장난감 주사기를 갖고 나왔다. 세 살배기 아민이가 이 주사기를 엄마에게 건네며 한 말은 그냥 듣고 넘기기에는 아까울 만큼 놀라웠다.

"엄마, 이걸로 주사 맞아! 감기 뚝 할 거야."

며칠째, 기침감기로 힘들어하는 엄마가 안쓰러웠던 것 같다. 아민이는 엄마의 감기를 고쳐주고 싶은 마음에 출근하는 엄마에게 주사기를 건넨 것이다.

"아민이가 아침에 어린이집 앞에서 우는 걸 보면 너무 힘든데…. 이렇게 예쁜 짓을 하는 걸 보면… 정말 보람이 느껴져요."

아민이 엄마가 정말 대견하다는 듯 털어놓는 말을 들으며, 그동안 아민이에게 들은 말과 행동이 떠올라 혼자 웃었다. 아민이의 모든 말은 암호처럼 들리지만, 실은 신비롭고 사랑스러운 마음이 담긴 말이었다.

나는 그날, 집으로 돌아와 아민이의 말과 행동을 생각하며 짧은 동화 한 편을 썼다. 이 동화는 발표하기 위해서가 아니라, 순전히 아민이의 '어록'을 기록하기 위해서 쓴 글이다.

엄마, 가지 마

아민이는 매일 아침 엄마가 회사에 나갈 때면, 가슴에서 '쿵' 하는 소리가 들렸어요. 엄마가 없는 세상은 재미가 없거든요. 밥도 맛이 없고, 유치원에서 무엇을 해도 즐겁지 않았어요.

"엄마, 오늘 하루만 회사에 안 가고 나랑 놀아주면 안 돼요?"

어느 날, 아민이가 출근 준비를 하는 엄마의 치마를 붙잡고 졸랐어요. 엄마는 아민이의 말에 대답도 못한 채, 아민이를 데리고 유치원으로 갔어요. 선생님이 나타나자 아민이가 땅바닥에 주저앉아 통곡했어요.

"엄마, 가지 마. 가지 마…. 엄마랑 같이 있고 싶어. 흑흑…."

울면서도 아민이는 엄마를 잡기 위해 가슴속에 있는 이야기를 힘껏 쏟아냈어요.

선생님이 아민이를 데리고 간신히 유치원 안으로 들어갔어요.

아민이 엄마는 뒤돌아서서 울었어요. 아침마다 회사에 가지 말라고 매달리며 우는 아민이를 보면 죄를 짓는 것 같았어요. 아민이 엄마는 눈물을 닦고 혼잣말로 외쳤어요.

"아민아, 엄마도 아민이랑 종일 함께하고 싶단다. 그런데 회사에서도 엄마가 없으면 안 되거든…. 그리고 아민이가 뭔가 하고 싶을 때… 돈이 없어서 못 해주는 엄마가 되고 싶지는 않아. 그래서 엄마가 열심히 일해서 돈 버는 거야. 대신 저녁에 아민이랑 많이 놀아줄게."

다음 날 아침, 감기 몸살로 끙끙 앓으면서도 출근하는 엄마를 보며 아민이는 자기 방으로 쪼르르 들어갔어요. 아민이는 장난감 주사기를 들고 나왔어요.

"엄마. 이거! 이걸로 꾹 주사 맞으면 감기 뚝! 할 거예요."

"어머나. 우리 아민이가 엄마 생각을 많이 해주는구나. 말만 들어도 엄마 감기가 나을 것 같은데? 고마워."

아민이 엄마는 아민이의 깊은 마음을 읽자 온 세상을 다

얻은 것처럼 행복했어요.

  6월의 어느 날이었어요. 아민이는 엄마랑 아빠의 손을 잡
고 할머니 댁에 갔어요. 할머니 댁에는 옥상 텃밭이 있어요.
거기에는 온갖 식물들이 많아요. 할머니는 아민이를 데리고
옥상에 가서 이야기 들려주는 걸 좋아해요. 아민이도 할머
니의 이야기를 들을 때마다 꿈을 꾸는 것처럼 즐거웠어요.

  할머니 집에는 손바닥만 한 뒷마당도 있어요. 거기에는
오래된 살구나무가 있어요. 마침 살구가 노랗게 익어서 파
란 잔디에 떨어졌어요.

  그런데 아민이가 살구나무 밑으로 가더니, 쪼그리고 앉
아 노란 살구를 유심히 살피는 거예요.

  잠시 후, 아민이는 잔디 위에 떨어진 살구를 주워 나무
위로 던졌어요. 살구가 다시 땅바닥에 떨어지면 주워 던지
기를 자꾸 하기에 엄마가 물었지요.

  "아민아, 노란 살구는 깨끗이 씻어서 먹는 거야. 할머니
댁은 농약을 안 쳐서 그냥 먹어도 돼. 근데 왜 나무 위로 살
구를 던지는 거야?"

  엄마는 아민이가 살구를 먹는 음식인 줄 모르고 장난하

는 줄 알았어요.

아민이는 아랑곳없이 노란 살구를 연신 나무 위로 던졌어요. 힘이 없어 살구가 나무 꼭대기까지 다다르지 못하자, 아민이가 으앙, 울음을 터트리고 말았어요.

엄마가 당황해서 아민이의 눈물을 닦아주었지요.

"엄마, 저 살구도 나처럼 엄마와 떨어져서 혼자 놀잖아. 심심하고 재미없을 것 같아. 그래서 엄마나무에게 보내려고 했는데… 자꾸만 떨어진단 말이야."

"아, 아민아… 너 엄마 없이 혼자 노는 게 싫었구나."

아민이는 엄마 품에 안겨서 아주 조금 눈물을 흘렸어요. 엄마 냄새가 좋아서이기도 하고, 엄마가 회사에 나가지 않기를 바라서이기도 해요.

시간이 많이 흘러, 이 짧은 글을 아민이 엄마에게 보여준 적이 있다.

"정말 아민이의 어릴 적 모습이 보이네요."

아민이 엄마가 작가인 내게 많은 소재를 제공해주어서 기록으로 남기고 싶었다고 말했다.

"아민이가 어릴 때 울고 매달리는 걸 견디지 못해 일을 그만두었다면, 많이 후회했을 거예요. 지금은 아민이가 많이 커서 손 갈 일이 별로 없거든요. 맞벌이하며 가장 보람된 건 아민이를 위해 무엇이든 할 수 있다는 자신감이 생긴 거예요. 뭔가 해주고 싶어도 돈이 없어 못 하면 정말 속상할 것 같아요. 무엇보다 경력 단절녀가 되지 않아서 좋고요. 아민이가 일하는 엄마를 자랑스러워할 수 있도록 저도 더 열심히 하려고요."

　일하는 여성으로 살아온 선배로서 며느리가 참 대견하고 자랑스러웠다. 훗날 아민이는 분명 맞벌이하며 자신을 최선을 다해 키워준 엄마에게 감사할 것이다. 이 모든 것은 아민이 외할머니의 희생과 헌신이 있었기에 가능했다. 아민이 외할머니께는 말로 다 할 수 없을 만큼 감사하다. 나는 아민이를 온전히 돌보지는 못해도 아민이 주변의 모든 상황을 지켜보며 이렇게 내 식대로 동화를 쓸 수 있으니, 그 또한 감사한 일 아닌가!

영화 보기

아민이가 우리 집에 머무는 날은 그리 많지 않다. 광명에 살기 때문에 이웃처럼 쉽게 오갈 수 없어서 더욱 그렇다. 아민이 엄마, 아빠가 맞벌이를 하다 보니, 둘 다 주말이면 할 일도 많을 테고, 본가에 자주 못 오는 건 당연하게 생각한다. 그러니 어쩌다 주말이나 방학 때 와서 며칠 머물다 갈 뿐이다.

손주와 오래 같이 있지 못하기 때문에, 더 새롭고 유익한 프로그램을 만들기 위해 애쓴다. 주로 야외에 데리고 나가 이것저것 경험하면서 시간을 보낼 때가 많지만, 날씨가 따라주지 않을 때는 집 안에서 할 수 있는 걸 찾아야 한다. 너무 춥거나 덥든지, 비가 억수로 오는 날은 밖에 나가는 것 자체가 스트레스이기 때문이다.

아민이가 어릴 때는 그림책을 같이 읽으며 이야기를 많이 나누었다. 나는 그림책에 나와 있는 글밥을 그대로 읽어주기보다는 나름대로 창작을 해서 들려주고는 했다. 한참 재밌게 읽던 그림책이나 창작 동화집은 아민이가 학교에 들어가면서부터 졸업이었다. 대신 영화를 통해 다양한 이야기를 끄집어내봐야겠다고 생각했다. 나는 오랫동안 학생들과 문학 수업을 하며 '원작이 있는 영화'라는 프로그램으로 강의를 해왔던 터라, 영화를 통해 아민이에게 재밌으면서도 쉽게 접근할 수 있을 것 같았다.

아민이의 눈높이에 맞는 영화를 골라야 했지만, 애니메이션이나 판타지 영화를 별로 좋아하지 않아 고민이 되었다. 게다가 아민이는 유치원이나 자기 집에서 또래가 볼 만한 영화는 다 본 상태였다. 어쩌다 텔레비전에서 자신이 본 영화가 나오면 재미없다고 고개를 돌렸다. 오히려 잘 됐다 싶었다. 내가 보여주며 이야기 나눌 수 있는 좋은 영화 목록이 새록새록 떠올랐다.

비가 억수로 내리던 여름날이었다. 날도 후텁지근한 데다 비까지 오니, 불쾌지수가 꽤 높았다. 그래서 에어컨을 시원하게 켜놓고 맛있는 아이스크림까지 준비한 뒤, 영화를 틀었다.

아민이와 함께 보며 많은 이야기를 나눈 영화는 〈헬프〉였다. 나는 영화의 배경부터 설명해주었다. 그것도 아주 쉽게, 호기심을 불러일으킬 수 있도록 말이다.

"아민아, 피부가 검은 사람을 본 적 있지? 그런 사람들을 흑인이라고 하잖아. 〈헬프〉는 흑인들이 억울하게 당한 일들을 자세하게 보여주는 영화야."

"흑인들은 우리와 다르게 살았어요, 할머니?"

"맞아. 이 영화에도 나오는 것처럼 흑인은 백인의 하녀나 머슴으로 살았어. 피부가 검다는 이유만으로 흑인은 백인이 쓰는 화장실을 이용하면 안 되는 등 무시를 당하거나 사람 취급을 받지 못한 적이 많았어."

"지금도 흑인들은 그렇게 살아요?"

"아민아, 너희 집에 '에이브러햄 링컨'에 대한 책 있지? 이 영화 보고 집에 가서 그 책을 읽어봐. 훨씬 쉽게 이해될 거야. 에이브러햄 링컨 대통령이 흑인들에게 자유를 주기 위해 싸운 전쟁이 '남북 전쟁'이야. 그래서 지금은 흑인들도 자유가 생겼어. 이 영화를 보면, 흑인들이 얼마나 힘들었는지 알게될 거야. 예쁜 여자아이도 나와…. 할머니랑 재밌게 보자."

아민이는 나의 설명에 호기심이 생겼는지, 매우 관심을 갖고 영화를 보기 시작했다. 나는 영화를 같이 보며 아민이가 이해하기 어려울 것 같은 장면은 일일이 설명해주었다. 예를 들어, 이 영화의 내레이션 격인 주인공 여성도 백인인데, 왜 다른 친구들과는 달리 흑인 하녀에게 친절하게 대해주는지, 내게 물어서 이렇게 대답해주었다.

"아민아, 이 영화는 저 여자 주인공이 흑인들의 아픔을 책으로 쓰는 과정을 그린 거야. 저 주인공은 흑인들을 진심으로 사랑하거든. 흑인도 백인과 똑같다고 생각하는 거지. 아, 에이브러햄 링컨 같은 마음을 가진 사람이라고 보면 될 것 같아."

나의 설명에 아민이는 다시 영화에 집중하기 시작했다. 한 시간 반 정도 영화를 보는 내내 궁금한 건 내게 묻고, 난 설명하면서 무사히 영화 보기를 마쳤다.

"와, 이제 아민이가 다 컸네. 이렇게 긴 영화도 꼼짝 않고 다 보고 말이야. 어렵지는 않았니? 영화 어땠어?"

나는 아민이에게 시험관처럼 보이지 않기 위해 되도록 부드럽게 질문했다. 영화나 책을 읽고 꼭 소감이나 감상을 말해야 한다는 스트레스를 주면 안 될 것 같았다. 그런 부담이 있으면 다음에는 나와 같이 영화를 보고 싶지 않을 것이 불 보듯 뻔했다. 할머니랑 만나면 뭐든 공부하듯 한다는 느낌은 들지 않았으면 하는 바람이 컸다.

가볍게 질문하되, 그 질문에 대한 답도 아민이의 자유의지에 맡겼다. 아민이는 준비해놓은 간식을 먹으며 기지개를 켠 다음, 한마디 툭 던지고는 거실로 나갔다.

"흑인 가정부가 화장실을 썼다고 쫓겨날 때가 가장 슬펐어요. 그래도 스키터는 착해요. 흑인들의 편이 되어서 책을 쓰려고 하잖아요."

"아민이가 그런 마음으로 영화를 봤으면 아주 잘 본 거야. 나중에 아민이가 링컨 대통령에 관한 책을 읽으면 흑인 노예 제도에 대해 훨씬 더 잘 알게 될 거고. 할머니랑 이런 영화 보는 것도 괜찮지? 다음에 재밌는 영화 나오면 또 보여줄게."

처음으로 아민이와 본 영화를 놓고 깊은 이야기는 나눌 수 없었다. 하지만 언젠가는 아민이와 역사라든가, 남북 전쟁, 노예 제도, 인권에 관한 이야기까지 나눌 수 있는 날이 곧 올 것이라 믿는다.

나는 두 아이에게 사죄하는 마음으로 아민이와 영화를 같이 보았다. 연년생인 두 아이를 키우며, 호된 시집살이와 방송 일을 했던 나는, 몸이 열 개라도 모자랄 만큼 바쁘기도 했지만, 무엇보다 삶의 여유가 없었다. 짬만 나면 쉬고 싶은 마음뿐이었다.

그때 내게 가장 큰 도움을 준 것이 바로 비디오였다. 그때는 지금처럼 케이블 방송이나 영화관이 많지 않아, 쉽게 영화를 볼 수 있는 상황이 아니었다. 하지만 비디오 기기에 테이프만 넣으면 얼마든지 시간을 벌 수 있었다. 나는 비디오 대여점에 가서 아이들이 좋아할 만한 비디오를 잔뜩 빌려다 놓고, 두 아이 맘대로 보게 했다. 그동안 나는 밀린 청소며 집안일을 했는데, 마음 한쪽은 쓰리고 아팠다. 아이들과 함께 앉아서 영화를 보며, 배경이라든가 줄거리 등에 관해 이야기를 나눠야 한다는 것은 알지만, 그렇게 하지 못했다. 내일 또 방송국에 가야 했기에, 당장 해야 할 일들은 대충이라도 해야만 했다.

책도 마찬가지였다. 아이들이 읽을 만한 책을 잔뜩 쌓아 놓고, 자기들끼리 앉아 읽게 하고 나는 집안일이나 밀린 원고를 썼다. 그래서인지 나는 두 아이와 책이나 영화로 많은 이야기를 나누지 못했다. 자식들은 부모를 기다려주지 않고 콩나물 크듯 금방 자란다. 내가 무엇이 우선인지 자각하고 시간을 같이하려 손을 내밀었을 때는, 아이들이 민들레 홀씨처럼 내 곁을 떠난 뒤였다.

그래서 아민이와는 더 많은 문화생활을 공유하고 싶은 마음이 큰지도 모른다. 아민이와 〈헬프〉를 보고 꽤 긴 시간이 지난 뒤이긴 하지만, 아주 좋은 영화를 몇 편 더 보았다.

그중에서도 〈그린 북〉이라는 영화는 아민이가 〈헬프〉를 보았기 때문에 더욱 쉽게 다가갈 수 있었다. 게다가 마침 아민이가 피아노에 관심을 두던 시기라 주인공인 셜리가 유명한 피아니스트라는 것을 미끼로 영화 속으로 함께 걸어 들어갈 수가 있었다. 아민이는 '피아노 치는 흑인 남자'라는 광고 문구에 관심을 보였다. 무거운 이야기를 유머 넘치게 만든 영화라 부담스럽지 않았다. 특히 피아니스트인 셜리가 여덟 개 주를 돌면서 피아노를 연주하는 모습이 멋진 영화라

흥미로웠다.

이 영화는 흑인에 대한 인권 이야기도 가능하지만, 재능에 관한 이야기도 나눌 수 있어 더욱 좋았다. 남들이 흑인이라고 무시할 때, 셜리의 엄마는 아들의 숨은 재능을 발견하고 적극적으로 지지해주었다.

"할머니, 그린북은 흑인들이 이용할 수 있는 장소를 말하는 거지요? 셜리는 유명한 사람인데도 흑인이라는 이유로 일반 호텔에는 못 들어가는 거잖아요."

영화를 본 뒤 아민이가 질문을 했을 때, 나도 모르게 아민이를 꼭 껴안아주었다.

"와, 할머니가 설명도 안 해주었는데 아민이가 영화를 보면서 알았구나! 대단하네."

나는 '문화는 힘이 세다'라는 말을 좋아한다. 책이나 영화, 혹은 음악을 밥 먹듯 즐기는 사람은 삶의 질도 높아질 것이다. 문화는 어려서부터 습관적으로 자주 접할 때 더욱 쉽게 다가갈 수 있다.

아민이와 영화를 보다 보면, 시간이 화살같이 빨리 간다. 그러면서도 뭔가 큰일을 해낸 기분이 든다. 시간을 알차게 보냈다는 뿌듯함 또한 크다. 앞으로도 아민이와 만나는 시간은 길게 이어질 것이다. 그때마다 좋은 영화나 뮤지컬, 혹은 음악회 등을 찾아가는 멋진 시간을 기대해본다.

배낭여행

"처음에 책을 읽을 때는 새로운 친구를 만난 것이고, 두 번째 읽을 때는 옛 친구를 만난 것이다"라는 중국의 격언을 좋아한다. 실제로 옛 친구를 만나듯, 예전에 읽고 좋았던 책을 시간이 지나 다시 찾아 읽는 맛은 색다르다. 미치 앨봄의 『모리와 함께한 화요일』(살림, 2017)도 그런 마음으로 다시 읽는 책 중의 하나다.

오랫동안 언론인으로 살아온 미치 앨봄의 마지막 프로젝트로 자신이 존경하던 모리 교수님과의 인터뷰를 적은 책인데, 많은 독자의 사랑을 받았다. 모리 교수님은 많은 학생들에게 인기를 끌었지만, 병으로 사형선고를 받은 상태다. 애

제자인 미치 앨봄의 간청에 못이겨 시작된 인터뷰지만, 모리 교수님의 삶을 정리하는 보고서이기도 하다.

우리나라에서도 많은 독자의 사랑을 받은 책이라, 누구나 한 번쯤은 읽어보았을 것이다. 나는 감명 받은 부분에 노란색연필로 밑줄을 그어놓고, 그 부분만 열 번도 넘게 읽었는데 늘 새롭다.

모리 교수님은 미치 앨봄에게 병을 앓으며 가장 크게 배운 것이 있다며, 사랑을 나눠주는 법과 받아들이는 법을 배우는 게 인생에서 가장 중요하다고 말한다. 그리고 묘비에 뭐라고 적으면 좋을지 결정했다고도….

"마지막까지 스승이었던 이."

나는 이 부분을 읽다 아민이와 진지한 대화를 나눌 장을 생각해보았다. 오랫동안 꿈꾸어왔던 '네팔 설산 여행'에 아민이가 함께한다면 더 바랄 것이 없을 것 같았다.

시골에서 자라서인지 유럽이나 미국같이 화려한 나라보다는 몽골이나 네팔처럼 자연이 살아 숨 쉬는 나라를 찾았을 때가 좋았다. 특히 몽골의 흡수골이나 네팔의 설산 아래를 걷고난 뒤로는 언젠가 그곳에 다시 가고 싶다는 생각으로 살았다. 마음만 간절할 뿐, 바쁘게 사느라 훌쩍 떠나지 못하고 있어, 그곳은 더욱 그리운 곳이 되었는지도 모른다.

몸과 마음이 건강하게 자란 아민이와 안나푸르나 설산을 걸으며 이야기를 나누는 상상을 해봤다. 올해 초등학교에 들어간 아민이가 청년이 되었을 때를 그려보는 건 색다른 기쁨이었다.

출발일은 아민이가 자신이 꿈꾸던 대학에 들어가 첫 방학을 맞은 날로 정한다. 나는 머리에 살구꽃이 활짝 피고 눈가의 주름살은 늘었지만, 여전히 활력이 넘치는 할머니로 살아갈 것이다.

히말라야 산줄기에는 여덟 개의 봉우리가 있다. 그중에 안나푸르나 설산이 가장 웅장하며 아름답다. 나와 청년 아민이는 안나푸르나의 설산을 바라볼 수 있는 간드룩이라는 마을에 배낭을 풀기로 한다. 50여 채의 집에 산양을 키우며 사는 순박한 네팔 사람들과 쉽게 어울리며 지낸다. 설산의 기운을 받으며 일어나 간단한 식사를 마친 뒤, 산책하듯 히말라야 등산길을 걷고, 고소한 낮잠을 즐기기도 한다. 네팔

의 국화인 붉은 랄리구라스 위로 석양이 지는 모습을 사진에 담는다. 이른 저녁을 먹은 뒤, 아민이와 앉아 짜이 한 잔을 나누며 이야깃주머니를 풀어간다.

"왜 꼭 네팔에 오고 싶어 하셨어요, 할머니?"

"늘 그리웠던 곳이란다. 소설로 등단한 뒤, 우리나라 작가들과 네팔 작가들이 이곳 중학교에서 콘퍼런스를 진행한 적이 있어. 그때 할머니는 이 마을의 매력에 폭 빠지고 말았지. 늘 어머니 품처럼 그윽한 눈길로 품어주는 안나푸르나 설산 할아버지가 있기 때문인 것 같아. 그동안 바쁘다는 핑계로 미루다 아민이와 함께 이곳에 오니… 할머니는 죽어도 좋을 것 같아. 너도 기뻤으면 좋겠다."

"할머니 친구들도 있고 혼자 여행도 잘 가시는 분이 저와의 여행을 고집하신 이유가 있나요? 물론 저는 할머니와 설산 여행을 오게 되어 기뻐요."

"역시 아민이는 내 마음을 읽고 있네. 솔직히 말하면 너희 아빠… 즉 나의 큰아이와 이런 여행을 하고 싶었단다. 그러나 그럴 기회가 없었어. 삶의 여유가 없었다는 말이 더 맞겠지. 특히 너희 아빠는 대학교 4학년 때 너의 엄마를 만나 결혼을 했잖니? 할머니와 오순도순 이야기를 나눌 시간이 없었어. 그게 늘 아쉬웠지. 아민이가 태어나고 자라는 걸 보면서, 할머니는 너희 아빠에게 못 해준 것을 해주고 싶었어. 다행히 아민이가 할머니를 따라 여기 네팔까지 와주었고… 정말 고마워."

"우리 아빠는 늘 할머니에게 고맙다고 하시던데, 반대로 할머니는 늘 미안하다고 그러시는데 왜일까요?"

"너희 아빠가 태어나고 13개월 만에 삼촌이 태어났어. 그때부터 너희 아빠는 형 노릇, 큰아들 노릇을 해야만 했어. 지금 생각하면 그때 할머니의 미숙했던 점이 부끄럽지만 자식은 부모를 기다려주지 않는단다. 그런데도 네 아빠는 늘 모범생으로 모든 걸 불평 없이 받아들이며 살았지. 그런 점이 할머니에게는 늘 부채감으로 남아 있어. 다행히 아민이가 태어나 못다 한 사랑을 쏟을 기회가 주어져서 할머니는 고마울 따름이야. 너희 아빠도 그런 할머니의 모습을 보면서 치유받는 느낌을 받았고 말이야."

"할머니가 제게 남기고 싶은 말이 많은 거지요?"

"할머니가 좋아하는 책을 다시 읽으며, 나도 아민이와 주제별로 이야기를 나눠보면 어떨까 했어. 그러나 우린 여행을 온 거니까 딱 한 가지만 말하고 싶어. 아민아, 이 넓고 광활한 우주 속에서 살아가며 가장 중요한 건 관계란다. 관계 맺기를 잘하면서 산다면, 성공한 삶이라고 볼 수 있어. 사람과 사람의 관계를 잘 맺기 위해서는, 우선 '나'를 알아가는 공부를 해야 할 것 같아. 나를 사랑하지 않는 사람이 남을 사랑하고 배려한다는 건 위선이거든. 철저하게 자신을 알아야 당당하게 상대방도 품을 수 있고, 내 안으로 끌어들일 수 있는 거지. 이 세상에 남는 것은 결국 '돈'이 아니라 '사람'이더라고. 좋은 사람이 내 곁에 많다는 건, 잘 살아왔다는 증거겠지. 그건 결국 자신이 이루어온 인생의 탑이고."

"아직은 할머니가 말씀하신 관계에 대해 깊이 이해할 수 없지만 명심할게요. 우선 나부터 찾는 공부를 할게요. 할머니랑 설산 여행을 온 것이 첫걸음이 되겠지요?"

"여행은 사람을 풍요롭게 해주고 진정한 자신을 만나는 좋은 기회지. 길 위에서 만나는 모든 것들이 네 삶을 빛나게 해줄 거야."

"언젠가 묘비명에 쓰일 문구를 생각해보신 적이 있다고 하셨는데… 정말이세요?"

"질문해주어서 고마워. 실은 이 말을 전하고 싶어서 너와의 여행을 시도했는지도 모르겠어. 할 이야기가 너무 많아

서 몇 해 전 발표한 책 중의 한 부분을 복사해 왔어. 아민이
가 멋진 목소리로 읽어줄래?"

어느 날은 갑자기 묘비명에 썼으면 하는 문구까지 생각
해 보게 되었다. 자못 심각했다. 묘비명은 짧지만, 어쩌면
내 인생 전부를 보여주는 문구여야 할 것이기 때문이다.

언젠가 4·19 탑 안에 있는 묘비명을 읽은 적이 있다. 민
주주의를 위해 젊은 나이에 피 흘려 죽은 청년들의 묘비명
은 장엄하면서도 슬펐다.

인터넷에서 유명인들이 남긴 묘비명을 살펴보았다. 그들
또한 죽기 전에 직접적으로든 간접적으로든 자기 묘비명에
적혔으면 하는 문구를 남겼다.

『진주 목걸이』를 쓴 모파상의 묘비명은 "나는 모든 것을
갖고자 했지만 결국 아무것도 갖지 못했다".

『적과 흑』의 작가 스탕달의 "살았노라. 썼노라. 사랑했노
라"라는 문구가 가장 인상에 남았다.

자기 자신을 가장 잘 아는 사람은 본인이다. 내가 무엇을
추구하며 살아왔는지, 무엇을 가장 사랑했는지, 가슴 깊은
곳의 아픔은 무엇인지에 대해 말이다.

아마도 묘비명의 문구는, 그 사람의 삶을 압축해서 보여 주는 언어일 것이다. 내 묘비명에 쓰일 문구는 무엇일까? 한동안 이 질문이 머릿속에서 떠나지 않았다.

새벽길 미명에 산책을 했다. 눈앞이 보이지 않을 만큼 운무가 자욱했다. 내 묘비명 문구를 생각하며 걷는 발길은 사뭇 달랐다. 늘 걷던 낙산 길임에도 처음 걷는 것처럼 새로웠다.

걷는 것은 내 안의 오물을 버리는 일이다. 버린다는 것은 채움의 또 다른 말이다. 그 맛에 나는 참으로 오랫동안 걷고 또 걸었는지도 모른다. 걷는 동안 많은 이미지들이 떠올랐다가 사라지곤 했다. 많은 사람들이 남긴 묘비명을 생각해 보기도 했다.

하지만 아직 죽음에 대한 깊은 생각이 없어서인지 잘 떠오르질 않았다. 다음으로 미루고 편안한 마음으로 성곽 길로 접어드는 순간, 소나무 위에서 새소리가 들려왔다. 낭랑한 새소리에 내 영혼이 환해지는 느낌이었다. 그때 섬광처럼 떠오르는 문구가 있었다.

'치열했다. 사랑했다. 늘 꿈꾸며 살았다.'

새벽 산책길에 떠오른 내 삶에 대한 이미지였다. 나는 낙산에서 내려와 하얀 종이에 이 문구를 한 자 한 자 정성을 다해 썼다. 미리 써놓은 유언장과 함께 주말에 올 큰아들에게 건넬까 생각 중이다.

이 땅에서 살 시간이 얼마나 남아 있는지 나는 모른다. 한 가지 분명한 건, 내게 주어진 시간을 더 치열하게 살아야 한다는 점이다.

미리 써보는 유언장 그리고 묘비명.

낯설면서도 색다른 맛이다. '인생 잘 살아야지' 하고 깊은 결의를 다지는 시간이기도 하다.

_『여자 나이 오십, 봄은 끝나지 않았다』(고려문화사, 2014) 중에서

"할머니… 괜히 눈물이 나려 해요. 이 글 우리 아빠도 읽었어요?"

"아마 기억이 안 날 걸. 그 당시에 읽기는 한 것 같은데…. 나도 이 글을 쓸 때는 죽음이 저 먼 나라의 일이었는데, 책으로 내야 하니까 쓴 거거든."

"할머니, 오래오래 사셔야 해요."

"고맙다. 아민아. 할머니 묘비명에 쓸 글은 네가 기억했다가 적어줘."

"할머니. 꼭 기억할게요. 하지만 오랫동안 제 곁에 계셔주세요."

"아민아, 너의 모든 것의 모든 것을 사랑한다."

시간은 화살같이 빨리 지나갔다. 네팔에서의 15일은 꿈같은 나날이었다. 아민이와 설산을 바라보며, 걷고 숨 쉬고, 이야기를 나누는 매 순간이 행복했다. 아민이도 키와 마음 모두가 한 뼘은 더 큰 듯싶다. 여행을 하며 아민이의 든든한 어깨에 기대어 아이처럼 행복한 미소를 지으며 잠든 날도 많았다. 아침이면 설산을 비추는 빛으로 눈이 부시지만, 청량한 공기를 마시며, 오랫동안 가슴에 쌓인 오물들을 덜어 내는 시간이었다.

아민이는 배낭 속에 넣어 온 책을 읽느라 늦게 잤지만, 새벽부터 설산 산책길에 나섰다. 한국으로 돌아가기 전, 산할아버지의 민얼굴을 마주 보고 싶다며…. 마음은 동참하고 싶었지만, 멀리서 바라보는 것만으로 만족하자는 쪽을 택했다. 다음 날이면 여섯 시간을 걸어 포카라에 나가야 하므로 무리는 금물이다. 아침 햇살에 진한 짜이 한 잔을 마시며, 버킷리스트 목록에 환한 얼굴로 붉은 줄을 긋는다.

상상이지만 글을 쓰는 내내 설레고 즐거웠다. 내 남은 생애에 실제로 아민이와 여행길 위에 서는 날을 기대해본다.

손주가 태어나던 날의
감동으로

서랍 속에서 깊숙이 넣어둔 낡은 일기장을 꺼낸다. 일기장은 어제의 나를 보여주는 타임머신이다. 읽다 보면 새롭기도 하고 뭉클해지는 문구도 있다. 내 인생 최대의 사건이자, 최고의 기쁨을 누린 날에 쓴 글이 눈에 띈다.

내 아들의 아들 아민이에게

오아민!

너를 본 순간, 숨이 멎을 것만 같았다. 벅차고 떨렸다. 내 아들, 그러니까 아민이 너의 아빠를 품에 안았을 때와는 분명 달랐다. 아니, 나는 너의 아빠를 가슴에 안아본 기억이 별로 없다.

고백하자면, 나는 엄마가 될 아무런 준비 없이 덜컥 결혼이라는 관문을 넘은 철없는 아내이자 미숙한 엄마였다. 엄마는 저절로 되는 것이 아니라, 준비가 필요하다는 것을 너의 아빠를 가슴에 안았을 때 비로소 알았다. 하지만 무엇을 어떻게 해야 할지 모른 채, 시간을 흘려보냈다. 녹록지 않은 삶이 좋은 엄마로 거듭날 기회를 주지 않았다.

예상치 못한 삶의 회오리 속에서 헤매느라 나는 내 아들에게 살뜰한 엄마가 되지 못했다. 한 번도 마음을 다해 품어주지 못했고, 온갖 짜증을 어린 아들에게 쏟아부었다. 다행히 너의 아빠는 상처 받지 않고 잘 자랐다. 모든 면에 탁월했으며, 늘 차분한 모습으로 맏아들의 자리를 지켰다. 바다보다 넓은 마음으로 엄마, 아빠를 이해해주었고, 연년생인 동생을 하염없이 아끼고 사랑했다. 대학 졸업반 때 라일락꽃처럼 어여쁜 너의 엄마를 신부로 맞아 독립했고, 오늘 너를 내 품에 안게 해주는 큰 기쁨까지 선사하는구나.

하얀 강보에 싸인 너의 얼굴을 본 순간, 하마터면 소리를 지를 뻔했다. 이럴 때 예쁘다는 말은 너무 진부한 표현일 수밖에 없다. 그 이상의 무엇이었다.

오아민!

가녀린 꽃잎 같은 너를 내 품에 안는 순간, 구름 위를 걷는 것처럼 황홀했다. 너는 세상의 모든 것이며, 내 삶의 뿌리이자 근원이며, 존재 그 자체였다. 지금까지 힘겹게 버텨온 삶의 이유가 너를 만나기 위한 전초전이었다는 생각이 들었다. 고단했던 삶이 보상받는 느낌이었다.

하얀 목련을 닮은 너의 손과 발을 만지는 순간, 나도 모르게 눈가가 뜨거워지더구나. 고맙다, 아민아. 태어나줘서. 내 아들의 아들로. 너로 인해 늘 허기진 내 영혼이 꽉 찬 느낌이다. 고맙다. 잘 자라다오. 멋지게, 아름답게.

나는 이 글을 읽고 또 읽었다. 읽을수록 아민이가 태어나던 날의 감흥이 새록새록 떠올랐다. 작열하는 태양만큼이나 열기로 가득하던 내 가슴. 할머니가 되던 날의 감동은 아민이가 커가면서도 여전했다. 내가 이 땅에 와서 가장 잘한 일을 꼽으라고 하면, 결혼해 두 아이의 엄마가 된 것이다. 키울 때는 이러저러한 일로 힘들기도 하고, 엄마로서 자격이 없는 것 같아 자괴감도 많이 들었다. 두 아이가 잘 자라서 각자 독립하니, 큰일을 한 듯 뿌듯했고, 진정으로 자유로웠다.

그러고 얼마 지나지 않아, '할머니'라는 호칭을 부여받았다.

나를 할머니라 불러주는 어여쁜 아민이를 만나며, 내 삶은 많이 변했다. 그전까지는 개인 '박경희'에 초점을 맞추어 산 삶이라면, 지금은 '가족' 그리고 '오아민의 할머니'로 삶의 초점이 바뀌었다.

우선, 욕심이나 욕망으로 들끓던 마음을 많이 내려놓게 되었다. 무명에서 유명을 향해가는 길목에 서 있던 나는 늘 조급했다. 남보다 잘 쓰고 싶고 주목받고 싶은 열망으로 가득 차 있었기에, 광야 같은 세상에서 총을 든 군인처럼 살았다. 시도 때도 없이 가슴에 바람이 일렁였다. 감정의 너울 속에 휘청이는 나를 구해준 것은 오아민이었다. 아민이의 눈망울과 마주치는 횟수가 늘어남에 따라, 내 안의 파도가 잠잠해지는 듯했다.

'꼭 유명해져야 하나? 그저 아민이의 할머니로 소소하게 행복한 마음으로 글을 쓰면 되잖아!'

마침 그때, 따뜻한 감성으로 좋은 작품을 그리는 동양화가 김인옥 선생님의 전시회에 다녀오게 되었다. 김 화백님과 나는 예술은 물론 문화, 정치 등 이야기도 잘 통하고, 작품에 쏟는 열정도 비슷해 서로 잘 맞는다. 그동안 내가 쓴 에세이집에 삽입된 멋진 그림 모두가 김 화백님이 우정으로 주신 작품이다. 그래서 더욱 책이 빛났다. 김 화백님의 전시 소식을 들으면 늘 고마운 마음으로 달려간다. 그날도 전시회를 둘러본 뒤, 선생님과 차를 마시며 조용히 이야기를 나누었다.

"저도 선생님처럼 유명해지고 싶을 때가 많았어요. 무명 작가라는 이유로 서러움을 당할 때 더욱 그랬지요. 그런데 아민이가 태어난 뒤로 왠지 그런 것들이 허무한 몸짓 같고 부질없다는 생각이 들기 시작하네요."

내 말이 끝나자 김 화백님은 그윽한 눈으로 나를 바라보며 말씀하셨다.

"예술가는 영원한 무명 아닐까요. 예술가가 스스로를 유명하다고 느끼는 순간, 생명은 끝난 거라고 봐요. 저 역시 늘 무명이라는 족쇄가 나를 짓누를 때가 많았죠. 하지만 그 의식이 있기 때문에 우리는 목표를 향해 달려갈 수 있는 거죠. 아티스트는 유명과 무명을 초월한 정신이 우선이라고 봐요."

내 가슴속에서 뭔가 툭, 하고 떨어지는 소리가 들렸다. 역

에필로그
237

시 멋진 동지이자 도반이다.

그 후로 아민이를 보면, 더 바랄 것이 없다는 생각이 든다. 어쩌다 그런 게 아니라 늘 그렇다. 세상에 이보다 더 큰 것은 존재하지 않을 것이란 확신이 든다. 그때부터 나는 스스로 '다 가진 인생'이라 칭한다. 내 삶의 부족한 부분을 꽉 채우는 존재를 선물로 받았다는 자긍심이 크기에. 물론 환경이나 조건은 어제와 같다. 마음이 바뀌었을 뿐인데, 모든 게 달리 보인다.

남들에게는 없는 손주인 것처럼 유난을 떤다고 흉을 보는 사람도 있을 것이다. 하지만 이 땅에서 "할머니", "할아버지"라는 소리를 들어본 사람이라면 다를 것이다. 나의 호들갑을 충분히 이해할 것이다. 아니 나보다 더 절절하며 더 애틋해서 나의 표현이 부족하다고 못마땅해할 수도 있다. 손주는 그런 존재다. 손주는 어떤 상황이든 사랑스럽다. 또한, 기특하고 대견하다.

어릴 때 갓난아이가 태어나면 온 마을이 들썩였다. 사립문 앞에 빨간 고추가 달렸든 아니든 상관없이 "두 벌 새끼"

가 태어났다며, 성의를 다해 선물을 준비했다. "내 아들의
아들 오아민!" 이 말을 할 때마다 옛 어른들이 "두 벌 새끼"
라며 기특해하던 모습이 절로 이해된다.

아민이가 태어나던 날의 감동으로 시작한 이 글이 부디
많은 분들의 공감을 불러일으켰으면 좋겠다.

2019년 유난히 더웠던 한여름의 끝자락에

대학로에서 박경희

손주는 아무나 보나

2019년 9월 5일 1판 1쇄 인쇄
2019년 9월 15일 1판 1쇄 발행

지은이	박경희
펴낸이	한기호
책임편집	정안나
편집	도은숙, 유태선, 김미향, 염경원, 박소진
디자인	김경년
경영지원	국순근
펴낸곳	플로베르
	출판등록 2017년 5월 18일 제2017-000132호
	주소 04029 서울시 마포구 동교로 12안길 14 삼성빌딩 A동 2층
	전화 02-336-5675 팩스 02-337-5347
	이메일 kpm@kpm21.co.kr

ISBN 979-11-962227-6-5 03810

· 이 도서의 국립중앙도서관 출판예정도서목록(CIP)은 서지정보유통지원시스템 홈페이지
  (http://seoji.nl.go.kr)와 국가자료공동목록시스템(http://www.nl.go.kr/kolisnet)
  에서 이용하실 수 있습니다. (CIP제어번호 : CIP2019034336)